Washington Irving

DIE LEGENDE
VON
SLEEPY HOLLOW,

RIP VAN WINKLE,
DER GESPENSTERBRÄUTIGAM.

AF284531

DIE LEGENDE

VON

SLEEPY HOLLOW,

RIP VAN WINKLE,

DER GESPENSTERBRÄUTIGAM.

Drei meisterhafte Erzählungen aus dem

„SKETCH BOOK"

Washington Irvings.

„Sieh hin, sieh her! der Mond scheint hell.
Wir und die Toten reiten schnell."
LENORE.

Übersetzung
von
W. A. Lindau, Dresden 1822,

Neubearbeitung
von
Maria Weber.

DIE LEGENDE
VON
SLEEPY HOLLOW.

Ein entzückend träges Land war's,
Wo Traumbilder vorm halb geschloß'nen Aug',
Und am azurnen Himmel in stetem Strome
Wolkenschlösser vorüberziehen.
CASTLE OF INDOLENCE.

IN einer der weiten Buchten, welche in das östliche
Gestade des Hudson einlaufen, bei jener Ausdeh-
nung des Flußbettes, die von den alten holländischen Seefahrern der *Tappaan-Zee* genannt wurde, wo sie
immer vorsichtig die Segel einzogen und den Schutz des
heiligen Nikolaus anriefen, wenn sie überfuhren – liegt ein
kleiner Marktflecken, ein Hafendorf, von einigen Greens-
burgh genannt, allgemeiner aber unter dem Namen
Tarrytown[1] bekannt. Diesen Namen sollen in früheren
Zeiten die guten Hausfrauen in der Umgegend aufgebracht
haben, weil unter ihren Männern die eingewurzelte
Gewohnheit herrschte, an Markttagen in der Dorfschenke
zu verweilen. Sei dem wie ihm wolle, ich verbürge die

---

[1] „Zauderstadt."

Tatsache nicht, sondern berühre sie bloß, um genau und glaubwürdig zu sein. Nicht weit, ungefähr anderthalb Stunden Weges vom Dorfe, liegt ein kleines Tal, oder vielmehr ein Fleckchen Land zwischen hohen Bergen, eines der ruhigsten Plätzchen in der ganzen Welt. Ein kleiner Bach durchfließt es, und murmelt gerade genug, um jemanden in Schlaf zu lullen, und das gelegentliche Pfeifen einer Wachtel oder das Geschrei eines Spechts sind fast die einzigen Töne, die je die einförmige Ruhe unterbrechen.

Ich erinnere mich, daß ich als Knabe meinen ersten Versuch in der Eichhörnchenjagd in einem Wäldchen von hohen Walnußbäumen machte, die eine Seite jenes Tales beschatten. Ich war um die Mittagszeit dahin gewandert, wo in der Natur eine eigene Stille herrscht, und stutzte über den lauten Knall meiner Flinte, der die Sabbatstille ringsumher brach, und lange vom zürnenden Widerhall zurückgeworfen wurde. Sollte ich je eine Zuflucht wünschen, wohin ich mich von der Welt und ihren Zerstreuungen zurückziehen könnte, um den verbliebenen Rest eines bewegten Lebens ruhig zu verträumen, so wüßte ich keines, das mehr verspräche, als dieses kleine Tal.

Die träge Ruhe des Ortes und die eigene Gemütsart seiner Bewohner, die von den ursprünglichen niederländischen Ansiedlern abstammen, haben dem einsamen Tal vor langer Zeit den Namen *Sleepy Hollow²*, eingebracht, und die jungen Landleute, die es bewohnen, heißen überall in der Umgegend die *Sleepy-Hollow-Jungen*. Ein schläfriger, verträumter Einfluß scheint über dem Land zu walten und die Atmosphäre zu durchdringen. Einige sagen, ein deutscher Arzt hätte das Tal in der frühesten Zeit der Ansiedelung bezaubert, andere wollen, es hätte ein alter Indianerhäuptling, der Wahrsager oder Zauberer seines Stammes, hier seine Künste getrieben, ehe Master Hendrick Hudson das Land entdeckte. So viel ist gewiß, daß der Ort immer noch unter dem Einfluß einer gewissen Zaubergewalt steht, die die Gedanken der guten Leute in ihren Bann zieht und sie dazu bringt, in ständiger Träumerei zu wandeln. Sie hängen jeder Art von Wunderglauben nach; unterliegen Trancen und Visionen, sehen oft seltsame Erscheinungen, hören Musik und Stimmen in der Luft. Die ganze Umgegend ist voll von örtlichen Märchen, Spukgeschichten und Zwielicht-Aberglauben; Sternschnuppen und Lufterscheinungen ziehen öfter leuchtend über das Tal, als in anderen Teilen der Gegend, und der Alp mit seinem Gefolge scheint es zum Lieblingsschauplatz seiner Gaukeleien erkoren zu haben.

Der herrschende Geist dieses bezauberten Gebietes aber, der Oberfeldherr gleichsam aller luftigen Mächte, ist die Gestalt eines Reiters ohne Kopf. Einige sagen, es sei der Geist eines hessischen Reiters, dem in irgendeinem namen-

---

² Anm. d. Hrsg.: „Schläfrige Senke."

losen Gefecht während des Freiheitkrieges eine Kanonen-
kugel den Kopf weggerissen hätte, und der nun immerfort
von den Landleuten gesehen wird, wie er bei nächtlichem
Dunkel wie auf den Flügeln des Windes dahin eilt. Sein
Spuk ist nicht auf das Tal beschränkt, und erstreckt sich
zuweilen auf die benachbarten Straßen, und besonders in
die Gegend einer nicht weit entfernten Kirche. Die glaub-
würdigsten Geschichtschreiber dieser Gegenden, welche die
zerstreuten Sagen über dieses Gespenst sorgfältig gesammelt und verglichen haben, melden allerdings, der Reiter,
dessen Leib auf dem Kirchhofe begraben worden sei, reite
allnächtlich auf das Schlachtfeld, um seinen Kopf zu suchen, und wenn er zuweilen wie ein mitternächtlicher
Windstoß durch das Tal fahre, habe er sich verspätet, und
habe es eilig, vor Tagesanbruch zum Kirchhof zurückzukehren.

Dies ist es, was der Aberglaube zu erzählen weiß, und was
den Stoff zu mancher seltsamen Geschichte in diesem
Schattengebiete gegeben hat. An jedem ländlichen Herd in
der ganzen Gegend ist das Gespenst als „der kopflose Reiter
von Sleepy Hollow" bekannt.

Es ist bemerkenswert, daß der erwähnte Hang zum
zweiten Gesichte nicht bloß den eingeborenen Bewohnern
des Tales eigen ist, sondern unbewußt von jedem eingesogen
wird, der sich eine Zeitlang darin aufhält. Wie munter er
auch gewesen sein mag, bevor er das schläfrige Gebiet betrat, er wird gewiß in kurzer Zeit dem bezaubernden Einfluß der Luft erliegen und beginnen, seltsame Träume zu
träumen und Erscheinungen sehen. Ich will übrigens dieses
friedlichen Plätzchens mit allem möglichen Lob erwähnen;
denn in diesen abgelegenen niederländischen Tälern, die
man hier und da im großen Staat New York findet, bleiben
Bewohner, Sitten und Gebräuche unverändert, während der
große Strom der Menschenwanderung und der Fortschritt,

der so unablässige Veränderungen in anderen Teilen dieses rastlos strebenden Landes hervorbringt, unbemerkt an ihnen vorübergeht. Sie gleichen jenen kleinen Buchten stillen Wassers, die an reißende Ströme grenzen, wo der Strohhalm und die Luftblase ruhig im Wasser liegen, oder sich langsam in der hafenähnlichen Bucht drehen, ungestört von der ungestüm vorüberrauschenden Flut. Viele Jahre sind zwar verflossen, seit ich die einlullenden Schatten von Sleepy Hollow betrat, und ich frage mich, ob ich noch immer dieselben Bäume und dieselben Bewohner in dem geschirmten Schoße des Tales ihr Scheinleben fortsetzen sehen würde.

In diesem Schlupfwinkel der Natur wohnte, in einem lange zurückliegenden Zeitraum der amerikanischen Geschichte, das heißt, vor etwas mehr als dreißig Jahren, ein wackerer Mann namens Ichabod Crane, welcher sich in Sleepy Hollow aufhielt, oder, wie er sagte, dort *zauderte*, um die Kinder der Umgegend zu unterrichten. Er stammte aus Connecticut, einem Staat, der die vereinigten Staaten mit Pionieren sowohl für den Geist, wie auch für den Wald versorgt, und jährlich ganze Scharen von Holzfällern und Landschullehrern aussendet. Der Name *Crane*[3] paßte nicht übel zu seiner Gestalt. Er war hoch gewachsen, aber ungemein dünn, mit schmalen Schultern, langen Armen und Beinen, Händen, die eine Meile aus seinen Ärmeln baumelten, Füßen, die zu Schaufeln hätten dienen können, und seine Gliedmaßen schlackerten an seinem Körper. Sein Kopf war klein und oben abgeflacht, mit ungeheuren Ohren, großen, wäßrig grünen Augen, einer langen spitzen Schnepfennase, und das Ganze sah aus wie ein Wetterhahn, der auf dem Spindelhalse saß, um anzusagen, woher der Wind wehte. Wenn man ihn an einem windigen Tage längs

---

[3] „Kranich.“

dem Rande eines Hügels hinschreiten sah, und die Kleider wie ein Sack um ihn flatterten, hätte man ihn für den Genius des Hungers halten können, der auf die Erde hinabstieg, oder für eine aus dem Feld entlaufene Vogelscheuche.

Sein Schulhaus war ein niedriges Gebäude, das einen einzigen großen Raum enthielt, und nur plump aus Balken zusammen gesetzt war; die Fenster waren teils verglast, teils mit Blättern alter Schreibhefte verklebt. In Freistunden war es sehr sinnreich durch eine in den Türgriff geflochtene Weidenrute, und Pfähle, die gegen die Fensterladen gestellt waren, verwahrt, so daß ein Dieb sehr leicht hätte hereinkommen können, aber einige Schwierigkeit gefunden haben würde, wieder hinauszukommen; eine Idee, die vom Architekten Yost Van Houten wahrscheinlich aus der Konstruktion einer Aalreuse entlehnt wurde. Das Schulhaus hatte eine einsame, aber ziemlich angenehme Lage, am Fuße eines waldigen Hügels, nahe an einem Bache, und war von einer gewaltigen Birke beschattet. Von dort konnte man an einem schläfrigen Sommertage das dumpfe Gemurmel der Stimmen seiner Schüler, wenn sie ihre Aufgaben lernten, wie das Summen eines Bienenschwarmes hören, nur zuweilen unterbrochen von der respektgebietenden Stimme des Lehrers, oder vielleicht von dem furchtbaren Ton der Rute, wenn er einen Faulenzer auf dem blumigen Pfad des Wissens antrieb. Man muß es der Wahrheit gemäß gestehen, er war ein gewissenhafter Mann, der immer an den goldenen Spruch dachte: „Sparst du die Rute, so verhätschelst du das Kind." Ichabod Cranes Schüler wurden gewiß nicht verhätschelt.

Nun denke man aber nicht, er hätte zu jenen grausamen Schulgebietern gehört, die am Leid der Untertanen Freude finden; nein, er verwaltete die Gerechtigkeit eher mit gehöriger Unterscheidung, als mit Strenge, nahm die Bürde von den Schultern des Schwachen und legte sie dem Starken auf. Ein mageres Bürschlein, das schon beim bloßen Anblick der Rute winselte, wurde nachsichtig behandelt; aber die Ansprüche der Gerechtigkeit wurden befriedigt, indem der zähe, starrköpfige, stämmige niederländische Bube, der unter der Rute trotzte und zürnte, und mürrisch und verbissen wurde, eine doppelte Abreibung erhielt. Alles dies nannte er, „seine Pflicht für die Eltern tun", und nie fügte er eine Züchtigung zu, ohne die für den leidenden Knaben so tröstliche Versicherung hinzuzufügen, der Gestrafte werde „daran gedenken und es ihm sein Leben lang danken".

Nach den Schulstunden war er sogar der Gefährte und Spielgeselle der größeren Knaben, und an Feiertagsnachmittagen führte er Kleinere heim, die hübsche Schwestern hatten, oder deren Mütter gute Hausfrauen waren, die über einen gut gefüllten Vorratsschrank verfügten. Er war freilich in einer Lage, die es ihm gebot, mit seinen Schülern auf gutem Fuße zu stehen. Seine Einkünfte aus der Schule waren gering und hätten kaum ausgereicht, um ihn mit dem täglichen Brot zu versorgen, da er ein gewaltiger Esser war, und, wenn auch mager, doch die Kraft hatte, sich wie eine Anaconda auszudehnen; um ihm aber seinen Unterhalt zu erleichtern, erhielt er, nach der ländlichen Sitte in jenen Gegenden, in den Häusern der Bauern, deren Kinder er unterrichtete, Kost und Wohnung. So lebte er abwechselnd eine Woche bei jedem, und machte die Runde in der Umgegend, mit seinen sämtlichen Habseligkeiten in einem baumwollenen Tuche.

Er hatte verschiedene Mittel, sich nützlich und angenehm zu machen, damit die Kosten seiner Ernährung den Beuteln der ländlichen Gönner, die das Schulgeld für eine große Last und die Schulmeister für bloße Parasiten hielten, nicht zu lästig fallen sollten. Zuweilen leistete er den Bauern in leichten wirtschaftlichen Arbeiten Beistand, half beim Heumachen, besserte die Zäune aus, führte die Pferde zum Wasser, trieb die Kühe auf die Weide und sägte Holz zur Winterfeuerung. Er legte auch seine ganze gebieterische Würde und unbeschränkte Herrschaft, womit er in seinem kleinen Reiche, der Schule, waltete, beiseite, und wurde wunderbar freundlich und einschmeichelnd. In den Augen der Mütter fand er Gnade, wenn er die Kinder, zumal die Jüngsten, verhätschelte; und dem kühnen Löwen gleich, der zuweilen so großmütig das Lamm hält, saß er oft mit einem Kinde stundenlang auf dem Knie und stieß mit dem Fuße an eine Wiege.

Zusätzlich zu seinen anderen Berufen, war er der Gesangslehrer der Umgegend, und strich so manchen blanken Schilling für den Unterricht im Psalmensingen ein. Er bildete sich nicht wenig darauf ein, wenn er an Sonntagen mit einer Anzahl erlesener Sänger seinen Platz dem Chore ge-

genüber nahm, wo er nach seiner Meinung einen vollstän-
digen Sieg über den Pfarrer davontrug. So viel ist gewiß,
seine Stimme überschrie jede andere in der Versammlung,
und man hört in dieser Kirche noch immer ein zitterndes
Beben, das man an einem stillen Sonntagmorgen gar eine
Viertelstunde weit, auf der andern Seite des Mühlenteiches,
noch vernimmt, und das man für einen Nachhall aus Ichabod Cranes Nase hält. Und so gelang es dem würdigen
Schulmann, mithilfe verschiedener Mittel, welche man für
gewöhnlich „auf Biegen und Brechen" nennt, sich leidlich
durchzuschlagen, und wer nicht wußte, was es bedeutet,
Kopfarbeit zu leisten, könnte meinen, er müßte ein ungemein einfaches Leben haben.

Der Schulmeister gilt in der Regel gewöhnlich für einen
ziemlich wichtigen Mann in dem weiblichen Kreise der
Dorfbewohner, und man hält ihn ein wenig für einen nicht
arbeitenden Vornehmen, der den rohen Bauernburschen an
Geschmack und Geist unendlich überlegen ist und in Gelehrsamkeit nur dem Pfarrer nachsteht. Sein Erscheinen
bewirkte daher eine ungewöhnliche Bewegung am Teetisch
in einem Pächterhaus, und es wurde ein Teller mit Kuchen
oder Zuckerwerk mehr aufgetischt, oder vielleicht gar mit
der silbernen Teekanne geprahlt. Unser Gelehrter hatte daher ein besonderes Glück, die lächelnden Blicke aller Land-
mädchen auf sich zu ziehen. Wie glänzte er an Sonntagen

unter ihnen auf dem Kirchhof! Da pflückte er ihnen bald
Trauben von den wilden Reben, die sich um die umstehenden Bäume schlangen, las zu ihrer Unterhaltung alle
Grabschriften auf den Leichensteinen, oder schlenderte mit
einem ganzen Schwarm längs dem Mühlenteiche, während
die ungebildeteren Bauerntölpel schüchtern hinterherschli-
chen und ihn um seine überlegene Feinheit und Eleganz
beneideten.

Durch seine fast nomadische Lebensweise war er eine Art
von wandernder Zeitung, und trug den ganzen Vorrat von

Klatschgeschichten der Umgegend von Haus zu Haus, weshalb denn sein Erscheinen immer sehr willkommen war. Die Weiber schätzten ihn überdies als einen Mann von großer Gelehrsamkeit, da er mehre Bücher von Anfang bis Ende gelesen hatte und Cotton Mather's Geschichte der Hexerei in Neu-England vollkommen auswendig kannte, woran er übrigens steif und fest glaubte.

Er war in der Tat eine seltsame Mischung von etwas Verschlagenheit und einfältiger Leichtgläubigkeit. Sein Appetit auf das Wunderbare und seine Fähigkeit, es zu verdauen, waren gleichermaßen außerordentlich, und beide waren während seines Aufenthaltes in dem bezauberten Gebiet gewachsen. Kein Märchen war zu plump, zu ungeheuer für ihn, als daß er es nicht leicht verschlungen hätte. Nachmittags nach der Schulstunde machte er sich oft die Freude, sich auf dem üppigen Kleebett auszustrecken, am Ufer des Bächleins, das neben seinem Schulhause hinab rieselte, und sich dann in Mather's furchtbare Geschichten zu vertiefen, bis beim anbrechenden Abenddunkel die Buchstaben vor seinen Augen verschwammen. Ging er dann durch Sumpf und Strom und furchteinflößende Wälder zu dem Gehöft, wo er gerade seinen Wohnsitz hatte, so regte jeder Laut in dieser bezauberten Stunde seine Phantasie an; der Klageton des Wipp-pur-will[4] vom Gebirge, das unheilverkündende Geschrei der Baumkröte, der Vorbotin des Sturms; der trostlose Ruf der Nachteule, oder das plötzliche Flattern der Vögel im Dickicht, die in ihren Nestern aufgeschreckt wurden. Auch die Glühwürmchen, die zuweilen in den dunkelsten Stellen hell funkelten, erschreckten ihn, wenn ein ungewöhnlich hell glänzender über seinen Pfad flog, und wenn zufällig ein überaus dummer Käfer in ungeschik-

---

[4] Ein Vogel, der sich nur in der Nacht hören läßt, und den Namen von dem Ton seines Rufes hat.

ktem Fluge auf ihn stieß, so wollte der arme Kerl schier seinen Geist aufgeben, aus Angst, er wäre verzaubert worden. Das einzige Mittel, das ihm bei solchen Gelegenheiten einfiel, um die Gedanken zu unterdrücken oder die bösen Geister zu verjagen, war, Psalmen anzustimmen, und wenn die guten Leute von Sleepy Hollow abends vor ihren Türen saßen, wurden sie oft von Furcht ergriffen bei dem Schall seiner *„in langgezogener Süße"* [5] erklingenden nasalen Töne, die von einem entfernten Hügel oder von der düsteren Straße herüberwehten.

Eine andere Quelle schaurigen Vergnügens war es für ihn, die langen Winterabende bei den alten niederländischen Weibern zuzubringen, wenn sie spinnend am Feuer saßen, und auf eine Schnur gereihte Äpfel knisternd am Herd trockneten. Er lauschte dann ihren wunderbaren Geschichten von Geistern und Kobolden, von verwünschten Feldern, Bächen, Brücken und Häusern, wo Gespenster umgingen, und besonders von dem kopflosen Reiter, oder dem galoppierenden Hessen aus der Senke, wie man ihn zuweilen nannte. Sie wiederum lauschten mit ebenso großem Vergnügen seinen Anekdoten von Zauberkünsten, schrecklichen Vorbedeutungen und unheilverkündenden Zeichen und Tönen in der Luft, wovon man in früheren Zeiten in Connecticut viel zu reden wußte, und er setzte sie in jämmerlichen Schrecken, wenn er ihnen seine Betrachtungen über Kometen und Sternschnuppen mitteilte, und von dem beunruhigenden Umstand sprach, daß die Welt sich ganz und gar herumdrehte, und die Menschen ihr halbes Leben lang Purzelbäume machten!

Doch wenn auch alles dies angenehm war, wenn er sich behaglich am Kamine in einer Stube wärmte, wo das knisternde Feuer einen rötlichen Glanz verbreitete, und gewiß

---

[5] Milton, *L'Allegro.*

kein Gespenst sich zu zeigen wagte, so wurde es durch die Schrecken, die ihn auf dem Heimweg verfolgten, teuer erstanden. Welche furchtbaren Gestalten und Schatten seinen Pfad bei dem trüben, grausigen Schimmer einer verschneiten Nacht besetzten! Mit welchem sehnsuchtsvollen Blicke sah er auf jeden zitternden Lichtstrahl, der sich aus einem entfernten Fenster über das öde Gefilde ergoß! Wie oft erschreckte ihn ein beschneiter Busch, der sich wie ein weiß verhülltes Gespenst mitten auf seinem Pfade erhob! Wie oft erbebte er, vor Furcht erstarrend, bei dem Ton seiner eigenen Tritte auf der Frostdecke des Bodens, und scheute sich, über seine Schulter zu blicken, um nicht irgendein seltsames Wesen zu sehen, das dicht hinter ihm schreiten könnte! Wie oft war er außer sich vor Schrecken, wenn er bei einen Windstoße, der heulend durch die Bäume fuhr, den Hessen zu hören glaubte, der auf seinem nächtlichen Streifzug dahersprengte.

Doch alles dies waren nur nächtliche Schrecknisse, Spukgestalten, welche die im Finstern wandelnde Seele ergriffen, und wiewohl er viele Gespenster in seinem Leben gesehen hatte, und mehr als einmal auf seinen einsamen Wanderungen vom Satan in verschiedenen Gestalten angefallen worden war, so machte doch der Tag allen Übeln ein Ende, und er würde, trotz dem Teufel und seinen Werken, ein fröhliches Leben geführt haben, wenn nicht ein Wesen seinen Pfad durchkreuzt hätte, das die Menschen mehr verwirrt, als Gespenster, Kobolde und die ganze Sippschaft aller Hexen zusammen, und dies war – ein Weib.

Unter den Schülerinnen, die einmal wöchentlich Unterricht im Psalmensingen erhielten, war Katrina Van Tassel, das einzige Kind eines angesehenen niederländischen Gutsbesitzers. Sie war ein blühendes Mädchen, kaum achtzehn Jahre alt, drall wie ein Rebhuhn, reif, schmelzend und rosenwangig wie einer von ihres Vaters Pfirsichen, und allgemein berühmt, nicht bloß ihrer Reize, sondern auch ihrer großen Aussichten wegen. Sie war bei alledem ein wenig gefallsüchtig, was selbst ihre Kleider verrieten, die ein Gemisch von alter und neuer Sitte waren, wie es am besten paßte, um ihre Reize hervorzuheben. Sie trug Schmuck aus reinem Gold, die ihre Ur-Urgroßmutter aus Saardam mitgebracht hatte; das verführerische Mieder aus der alten Zeit, und dazu ein recht ärgerlich kurzes Röckchen, um den hübschesten Fuß und Knöchel der ganzen Gegend zu zeigen.

Ichabod Cranes weiches Herz war ganz vernarrt in die Weiber, und es ist nicht zu verwundern, daß ein so lockender Bissen bald Gnade in seinen Augen fand, insbeson-

dere, nachdem er ihres Vaters Haus besucht hatte. Der alte
Baltus Van Tassel war ein vollkommenes Bild eines blü-
henden, zufriedenen und edelherzigen Landmannes. Er ließ
freilich seine Augen selten über die Grenzen seines Land-
gutes hinaus wandern, aber innerhalb dieser Grenzen war
alles behaglich, glücklich und wohlgeordnet. Er war zufrieden mit seinem Reichtum, aber nicht stolz darauf, und
ärgerte sich mehr über den tüchtigen Überfluß, den er be-
saß, als über seine Lebensweise. Sein Sitz lag am Ufer des
Hudson, auf einem jener grünen, wohl geschirmten,
fruchtbaren Fleckchen, wo die niederländischen Landbau-
ern sich so gern einnisten.

Das Haus wurde von den breiten mächtigen Zweigen
eines alten Ulmenbaumes überschattet, an dessen Fuß ein
Quell des mildesten und süßesten Wassers entsprang, in
einen Brunnen, der aus einem Faß gebildet war, sprudelte,
und sich dann schimmernd durch das Gras zu einem nahen
Bache stahl, der geschwätzig zwischen Fliederbüschen und
Zwergweiden hinabrann. Dicht bei dem Wohnhaus stand
eine große Scheune, die zu einer Kirche hätte dienen können, wo aus jedem Fenster und jeder Spalte die Schätze der
Meierei hervorzudringen schienen. Hier schallte von Morgen bis in die Nacht der geschäftige Dreschflegel; Schwal-
ben nisteten zwitschernd längs der Traufe, und auf dem

Dach sonnten sich Reihen von Tauben, wovon einige mit einem Auge aufblickten, als hätten sie das Wetter beobachtet, andere den Kopf unter den Flügeln oder auf der Brust verbargen, andere sich aufplusterten, gurrten und ihre Weibchen umwarben. Gepflegte, schwerfällige Mastschweine grunzten bei Ruhe und Überfluß in ihren Koben, woraus zuweilen Haufen von Ferkeln kamen, als hätten sie Luft schöpfen wollen. Eine stattliche Schaar schneeweißer Gänse schwamm in einem nahen Teich, und geleitete ganze Geschwader von Enten; Heere von Putern ließen ihren Ruf im Hof ertönen, und Perlhühner gingen unruhig hin und her, wie keifende Hausfrauen, mit ihrem mürrischen, verdrießlichen Geschrei. Vor dem Scheunentor prahlte der verliebte Hahn, das Muster eines Ehemannes, eines Kriegers und eines feinen Herrn, seine glänzenden Flügel schlagend, im Stolz und in der Freude seines Herzens krähend, und zuweilen die Erde aufscharrend, worauf er denn großmütig die ewig hungrigen Weiber und Kinder herbeirief, damit sich diese des entdeckten köstlichen Bissens erfreuen konnten.

Dem Schulmann lief das Wasser im Munde zusammen, als er auf diese herrliche Verheißung einer üppigen Winterkost blickte. Vor den Augen seiner gierigen Seele standen schon alle Spanferkel gebraten mit einem Kloß im Bauch und einem Apfel im Maul; die Tauben wurden wohlverwahrt in eine hübsche Pastete gebettet und mit einer Teig-

kruste bedeckt; die Gänse schwammen in ihrem eigenen
Fette, und die Enten lagen paarweise in den Schüsseln, wie
traulich verbundene Gatten, mit einer gehörigen Zutat von
Zwiebelbrühe. Aus den Mastschweinen sah er schon die
glatte Speckseite und den saftigen, schmackhaften Schinken
geschnitten, jeden Truthahn, köstlich zubereitet, mit dem
Magen unter dem Flügel, und wohl auch mit einem Halsband aus köstlichen Bratwürsten; und selbst der glänzende
Hahn lag als eine Beilage zappelnd auf dem Rücken, mit
emporgehobenen Klauen, als hätte er um die Schonung
gebeten, die sein ritterlicher Geist bei Lebzeiten zu erbitten
verschmähte.

Als diese Bilder vor Ichabods entzückter Seele standen,
als er seine großen grünen Augen über die fetten Wiesen-
äcker, die reichen Felder mit Weizen, Roggen, Buchweizen
und Mais gleiten ließ, und die mit goldgelben Früchten beladenen Obstgärten betrachtete, die Van Tassels freundliche
Besitzung umgaben, verlangte sein Herz nach der Jungfrau,
welche diese Güter erben sollte, und seine Seele erhob sich
bei dem Gedanken, wie schnell sie sich versilbern, und für
das Geld ungeheure öde Landstriche und Schindelpaläste in
der Wildnis ankaufen ließen. Ja, schon hatte seine geschäftige Seele diese Hoffnungen belebt, und er sah die
blühende Katrina mit einem Häuflein von Kindern oben
auf einem mit Hausgeräte beladenen Wagen, woran Töpfe
und Kessel baumelten, und sich selber auf einer gemächlich
schreitenden Stute, mit einem nachziehenden Fohlen, um
nach Kentucky, Tennessee, oder Gott weiß wohin, zu wandern!

Er betrat das Haus, und die Eroberung seines Herzens war vollendet. Es war eines jener geräumigen Bauernhäuser mit hohen, leicht geneigten Dächern, die im Stil der ersten niederländischen Siedler erbaut wurden. Die weit überhängende Traufe bildete eine an der Frontseite verlaufende Veranda, die bei schlechtem Wetter verschlossen werden konnte. Hier hingen Dreschflegel, Pferdegeschirr, verschiedene landwirtschaftliche Geräte, und Netze zum Fischen im nahen Flusse. Bänke waren auf den Seiten für den Sommer angebracht; ein großes Spinnrad an dem einen Ende und ein Butterfaß am andern zeigten, von welchem vielfältigen Nutzen dieser Gang sein konnte. Von dieser Veranda trat der staunende Ichabod in den Saal, der die Mitte des Hauses bildete und der gewöhnliche Aufenthalt der Bewohner war. Reihen von glänzendem Zinn, auf einem langen Anrichtetische aufgestellt, blendeten seine Augen. In einer Ecke stand ein ungeheurer Sack mit Wolle zum Spinnen, in einer anderen halbwollenes Zeug frisch vom Webstuhl; Maiskolben und Schnüre von getrockneten Äpfeln und Pfirsichen hingen neben aufgereihten roten Pfefferonen munter längs den Wänden. Durch die halb offene Türe blickte Ichabod in die gute Stube, wo Stühle mit Klauenfüßen und dunkle Mahagonitische wie Spiegel glänzten. Feuerböcke nebst Schaufeln und Zangen schimmerten unter ihrer Decke von Spargelköpfen; künstliche Pomeranzen und Muschelschalen schmückten den Kaminsims, Schnüre von vielfarbigen Vogeleiern waren darüber aufge-hängt, ein großes Straußenei hing in des Zimmers Mitte, und ein absichtlich offen gelassener Schenktisch in der Ecke zeigte unermeßliche Schätze von altem Silber und wohl geflicktem Porzellan.

Es war um Ichabods Seelenfrieden geschehen, als er seinen Blick in dieses Gebiet der Wonne geworfen hatte, und sein einziges Trachten war nun dahin gerichtet, die Zuneigung der unvergleichlichen Tochter Van Tassels zu gewinnen. Bei diesem Unternehmen fand er jedoch größere Schwierigkeiten, als gewöhnlich vor Zeiten einem irrenden Ritter zufielen, der meist nur mit Riesen, Zauberern, feurigen Drachen und ähnlichen leicht besiegbaren Gegnern zu kämpfen und sich bloß durch eiserne und eherne Pforten, durch Diamantmauern den Weg zu dem Burgturm zu bahnen hatte, wo die Gebieterin seines Herzens gefangen saß; was er alles so leicht vollbrachte, wie ein Mann eine Pastete bis in die Mitte durchbohrt, worauf er, wie sich versteht, die Hand der holden Jungfrau erhielt. Ichabod hingegen mußte sich den Weg zum Herzen eines gefallsüchtigen liebelnden Landmädchens bahnen, wo er in einen Irrgang von Torheiten und Launen kam, die immer neue Schwierigkeiten und Hindernisse zeigten; er hatte es mit einem Heer furchtbarer Gegner von Fleisch und Blut aufzunehmen: den zahllosen ländlichen Verehrern, die jeden Zugang zu ihrem Herzen besetzten, mit einem wachsamen und unmutigen Auge einander bewachten, aber nichtsdestotrotz bereit waren, stets gemeinsame Sache gegen jeden neuen Mitbewerber zu machen.

Unter diesen Freiern war niemand so furchtbar, als ein ungeschlachter, lärmender, prahlerischer Gesell namens Abraham, oder – nach holländischer Abkürzung – Brom Van Brunt; der Held der Umgegend, von dessen Stärke und Kühnheit man sich viele Geschichten zu erzählen wußte. Er war breitschultrig und von starkem Knochenbau, mit kurzem, krausen schwarzen Haare, und einem schroffen, aber nicht unangenehmen Gesicht, dessen Ausdruck eine Mischung von Kurzweil und Übermut war. Seine Riesengestalt und große Stärke hatten zu dem Spottnamen Knochen-Brom Anlaß gegeben, worunter er allgemein bekannt war. Man rühmte seine ungemeine Kunst und Geschicklichkeit im Reiten, und in der Tat saß er zu Pferd wie ein Tatar. Bei jedem Wettrennen und Hahnenkampf war er an der Spitze, und bei der Überlegenheit, die Leibesstärke immer unter dem Landvolke gewinnt, wurde er in allen Streitigkeiten zum Schiedsrichter berufen, wobei er dann seinen Hut auf ein Ohr setzte und seine Entscheidungen mit einer Miene und einem Tone kundtat, wogegen weder Widerspruch, noch Berufung stattfand. Er war stets ebenso bereit zum Fechten, wie zu einem Spaße; mehr zu Possen als zu boshaften Streichen geneigt, und bei aller hochfahrenden Grobheit war doch ein starker Zug von mutwilliger guter

Laune in seinem Wesen. Mit drei oder vier munteren Gesellen, die ihm im Verhalten glichen, durchstreifte er die Gegend, und war unfehlbar zur Stelle, wo es in meilenweitem Umkreis Streit oder Kurzweil gab. Bei kaltem Wetter trug er eine Pelzkappe mit einem herabhängenden Fuchsschwanze, und wenn die versammelten Landleute diesen wohlbekannten Helmbusch in der Ferne unter einem Haufen rascher Reiter flattern sahen, erwarteten sie immer eine Sturmböe. Zuweilen hörte man seine Rotte um Mitternacht mit lautem Geschrei, wie einen Schwarm Kosaken, vor den Wohnungen der Landleute vorüber fliegen, und wenn die alten Weiber, aus dem Schlafe aufgeschreckt, eine Weile gehorcht hatten, bis das Getöse vorüber war, riefen sie aus: „O das ist Knochen-Brom mit seiner Bande!" Die Nachbarn betrachteten ihn mit Furcht, Bewunderung und Wohlwollen zugleich, und wenn irgendein toller Streich oder eine Zänkerei in der Gegend vorfiel, schüttelten sie immer die Köpfe, und wetteten, Knochen-Brom hätte die Hand im Spiel.

Dieser wilde Held hatte eine Zeitlang die blühende Katrina zum Gegenstand seiner ungeschliffenen Liebeswerbung ausersehen, und obgleich seine verliebten Tändeleien zuweilen den Schmeicheleien und Liebkosungen eines Bären glichen, so wurde doch gemunkelt, sie hätte seine Hoffnungen nicht ganz entmutigt. So viel ist gewiß, seine Bewerbungen waren für seine Nebenbuhler die Losung zum Rückzug, da niemand Lust hatte, einen Löwen bei seiner Brautwerbung zu stören, und wenn an einem Sonntagabend sein Pferd an Van Tassels Zaun gebunden war, ein Zeichen, daß der Reiter im Haus um die Holde warb, so gingen alle anderen Werber trostlos vorüber, um sich einen anderen Kampfplatz zu suchen.

Dies war der furchtbare Nebenbuhler, mit welchem Ichabod Crane zu kämpfen hatte, und wenn man alles bedachte, hätte ein rüstigerer Mann, als er es war, sich von der Bewerbung abschrecken lassen, und ein klügerer Mann wäre untröstlich gewesen. Es lag jedoch eine so glückliche Mischung von Geschmeidigkeit und Ausdauer in seinem Wesen, daß er in Gestalt und Geist wie ein guter Spazierstock war, nachgiebig, aber zäh; er bog sich, brach aber nie; und krümmte er sich auch unter dem leichtesten Drucke, so war jener doch kaum vorbei, ehe er so aufrecht stand und den Kopf so hoch trug, als zuvor.

Es wäre Wahnsinn gewesen, in offenen Kampf mit einem Nebenbuhler zu treten, der sich in seiner Liebe so wenig in die Quere kommen ließ, wie der stürmische Liebhaber Achilles. Ichabod machte seine Bewerbungen darum auf eine stille, freundlich einschmeichelnde Weise. Unter dem Deckmantel seines Singmeisterberufes machte er häufige Besuche auf dem Gute, wiewohl er gar nichts von der zudringlichen Einmischung der Angehörigen zu fürchten hatte, die so oft ein Stein des Anstoßes auf dem Wege der Liebenden ist. Baltus Van Tassel war ein leutseliger, nachsichtiger Mann; er liebte seine Tochter noch mehr als selbst seine Pfeife, und ließ, als verständiger Mann und trefflicher

Vater, ihr in allen Dingen ihren Willen. Seine sorgsame Hausfrau hatte alle Hände damit voll, ihr Hauswesen in Ordnung zu halten und ihr Federvieh zu warten; denn, wie sie weislich bemerkte, sind Enten und Gänse närrische Dinger und fordern Aufsicht, Mädchen aber können für sich selber sorgen. Während die geschäftige Hausfrau im Haus waltete, oder an dem einen Ende der Veranda ihr Spinnrad antrieb, saß der ehrliche Baltus mit seinem Abendpfeifchen am andern, und beobachtete die Leistungen eines kleinen hölzernen Kriegers, welcher, mit einem Schwert in jeder Hand, auf der Zinne der Scheune sehr tapfer gegen den Wind kämpfte. Ichabod hofierte unterdessen die Tochter am Quell unter der großen Ulme, oder schlenderte mit ihr in der Dämmerung umher, in jener Zeit, die der Beredsamkeit des Liebenden so günstig ist.

Ich gestehe, es ist mir unbekannt, wie man um Frauenherzen wirbt und sie gewinnt. Für mich sind sie stets Rätsel und Gegenstände der Bewunderung gewesen. Einige scheinen nur einen verwundbaren Punkt, nur einen Zugang zu haben, während es bei anderen tausend Wege gibt, und sie auf tausenderlei Art gewonnen werden können. Es ist ein großer Sieg der Geschicklichkeit, jene zu gewinnen, aber ein weit größerer Beweis von Feldherrnkunst, sich im Besitze der letzten zu behaupten, da der Inhaber der Festung an jedem Tor und Fenster kämpfen muß. Wer tausend gewöhnliche Herzen gewinnt, hat daher auf einigen Ruhm Anspruch, wer aber eine unbestrittene Herrschaft über das Herz eines gefallsüchtigen Mädchens behauptet, ist wahrhaft ein Held. Dies war sicherlich nicht der Fall bei dem furchtbaren Knochen-Brom, und von dem Augenblicke an, wo Ichabod Crane seine Bewerbungen begann, nahm Abrahams Ansehen sichtbar ab; sein Pferd wurde an Sonntagabenden nicht mehr am Zaun gesehen, und es entstand allmählich eine tödliche Feindschaft zwischen ihm und dem Schulmeister von Sleepy Hollow.

Brom, in dessen Wesen etwas von roher Ritterlichkeit lag, hätte die Sache gern im offenen Kampf ausgetragen, und ihre beiderseitigen Ansprüche auf die Jungfrau nach der Sitte jener sehr bündigen und einfachen Vernünftler, der fahrenden Ritter der Vorzeit, durch einen Zweikampf verhandelt; Ichabod aber kannte die überlegene Macht seines Widersachers zu gut, als daß er gegen ihn in die Schranken hätte treten mögen. Hatte doch Knochen-Brom sich gerühmt, er wollte den Schulmeister sehr unsanft betten, und dieser war zu vorsichtig, seinem Gegner dazu einen Anlaß zu geben. Brom war diese hartnäckige Friedensneigung höchst ärgerlich, und es blieb ihm nichts übrig, als seinem bäurischen Mutwillen Raum zu geben und seinen Nebenbuhler mit einigen derben Scherzen zu belästigen. Ichabod wurde nun der Gegenstand der eigensinnigen Verfolgung Knochen-Broms und seiner wilden Gesellen. Sie quälten des Schulmeisters zeither so friedsames Gebiet; trieben durch Verstopfung des Schornsteins den Rauch in seine Singschule, brachen zur Nachtzeit in seine Schulstube ein, trotz der wunderbaren Befestigungen mit Weidenruten und Pfählen an den Fenstern, und richteten ein solches Durcheinander an, daß der arme Schulmeister fast zu glauben begann, daß alle Hexen des Landes dort ihre Versammlungen abhielten; und was noch quälender war, Knochen-Brom ergriff jede Gelegenheit, ihn in Gegenwart der geliebten Katrina lächerlich zu machen, und hatte einem schelmischen Hund, der abgerichtet war, auf die spaßhafteste Art zu winseln, und sich als Ichabods Nebenbuhler einführte, um sie im Psalmsingen zu unterrichten.

Auf diese Art ging die Sache eine Zeitlang fort, ohne auf die jeweilige Lage der streitenden Parteien wesentlichen Einfluß zu haben. An einem schönen Herbstnachmittag saß Ichabod gedankenvoll auf dem hohen Stuhle, wo er gewöhnlich alle Angelegenheiten seines kleinen gelehrten Gebietes besorgte. Er schwang in der Hand eine Rute, das Zepter seiner Herrscherwillkür; das Birkenreis der Gerechtigkeit lag auf drei Nägeln hinter dem Thron, ein steter Schrecken der Übeltäter, während vor ihm auf dem Tische verschiedene, bei den kleinen Schelmen gefundene, unerlaubte Dinge und verbotene Waffen lagen, wie halb abgenagte Äpfel, Korkenbüchsen, Kreisel, Wunderdreher, und ganze Schwärme von papiernen Kampfhähnen. Wahrscheinlich war soeben ein abschreckender Akt der Gerechtigkeit ausgeübt worden, da jeder Schüler emsig auf seine Bücher sah, oder, ein Auge auf den Lehrer heftend, verstohlen mit seinem Hintermanne flüsterte, und es herrschte eine Art summende Stille in der Schulstube. Plötzlich ward die Ruhe unterbrochen durch die Ankunft eines Negers in einem Leinenwams und Kniebundhosen und mit einem rundlichen Hutbruchstücke, einer Merkurkappe gleich, der auf einem zottigen, wilden, halb zugerittenen Pferd ritt, das er mit einem Strick anstelle einer Trense lenkte. Er kam vor die Türe des Schulhauses, mit der Einladung an Ichabod, an diesem Abend einer fröhlichen Zusammenkunft in Mynheer Van Tassels Haus beizuwohnen. Als er diesen Auftrag mit der wichtigen Miene und dem Streben nach schönen Worten, wodurch ein Neger bei solchen Botschaften sich auszuzeichnen sucht, ausgerichtet hatte, setzte er über den Bach, und eilte ins Tal, stolz auf die wichtige und eilige Mission.

Alles war nun in Aufstand und Unruhe im früher so ruhigen Schulhaus. Die Schüler wurden durch ihre Aufgaben gehetzt, ohne sich bei Kleinigkeiten aufzuhalten; die Hastigen kamen fast ohne Strafe weg, und die langsamen wurden von Zeit zu Zeit durch eine Schmerzzufügung zur Eile angetrieben, oder um ihnen über ein schweres Wort hinaus zu helfen. Die Bücher wurden auf die Seite geworfen, ohne sie auf die Simse zu stellen; Tintenfässer umgestoßen, Bänke umgeworfen, und eine Stunde vor der gewöhnlichen Zeit die Schüler entlassen, die wie ein Schwarm junger Bienen hervorbrachen, schreiend und lärmend über ihre frühe Befreiung.

Der verliebte Ichabod widmete wenigstens eine halbe Stunde mehr seinem Putze, bürstete und putzte seinen besten, und in der Tat seinen einzigen, schon abgenutzten schwarzen Anzug, und machte seine Haare vor einem Spiegelbruchstücke zurecht, das in der Schulstube hing. Um vor seiner Geliebten als wahrer Kavalier zu erscheinen, borgte er sich ein Pferd von dem Bauern, bei welchem er wohnte, einem zähzornigen alten Holländer namens Hans Van Ripper, und derart wacker beritten, brach er auf, wie ein fahrender Ritter, Abenteuer zu suchen. Es ziemt sich jedoch, daß ich im wahren Geiste der romantischen Geschichte etwas über das Aussehen und die Ausstattung meines Helden und seines Rosses berichte. Sein Pferd war ein abgenutzter Ackergaul, der fast alles überlebt hatte, bis auf seine Bösartigkeit. Es war dürr und zottig, hatte einen Hals wie ein Schaf und einen Kopf wie ein Hammer; seine Mähne und sein Schweif, von rostfarbigem Ansehen, waren verwirrt und mit Kletten besetzt; das eine Auge hatte die Sehkraft verloren und glänzte gespenstisch, das andere aber blitzte wie vom Teufel belebt. Zu seiner Zeit mochte es jedoch feurig und mutig genug gewesen sein, wie sein Name, *Gunpowder*[6], anzudeuten schien. Es war einst der Liebling seines Herrn, des cholerischen Van Ripper, gewesen, der ein wilder Reiter war, und ohne Zweifel dem Tiere etwas von seinem Geiste mitgeteilt hatte, denn so alt und abgenutzt es aussah, hatte es doch ein teuflischeres Wesen als irgendein junges Füllen im Lande.

Ichabods Gestalt paßte zu seinem Reittier. Er ritt mit kurzen Steigbügeln, die seine Knie fast bis zum Sattelknauf hoben: seine spitzen Ellbogen ragten wie Heuschreckenbeine hervor; er hielt seine Peitsche senkrecht in der Hand, wie ein Zepter, und als sein Pferd sich fortbewegte, bewegten sich seine Arme wie Flügel auf und ab. Ein kleiner Filzhut ruhte auf der Nasenwurzel, wie man den knappen Streif von einer Stirne wohl nennen konnte, und die Schöße seines schwarzen Rockes flatterten beinahe bis zum Schweif des Pferdes hinab. So sah man Ichabod und sein Roß, als sie sperrbeinig aus Van Rippers Tore hervorschritten, und es war wohl eine Erscheinung, wie man sie selten bei hellem Tageslichte erblickt.

Der Himmel war an dem schönen Herbsttage klar und heiter, und die Natur trug das kostbare, goldene Gewand, das wir immer mit dem Gedanken an Überfluß verbinden. Die Wälder hatten ihr bescheidenes Braun und Gelb angelegt, aber einige zartere Bäume, vom Froste angegriffen, wiesen leuchtende Farben in Orange, Purpur und Scharlach

---

[6] Schießpulver.

auf. Langgezogene Schwärme wilder Enten ließen sich in der Luft sehen; der Ruf des Eichhörnchens tönte laut in den Wäldchen von Buchen und Hickorynußbäumen[7] und das sinnende Pfeifen der Wachtel zuweilen im nahen Stoppelfelde.

[7] Der weiße amerikanische Walnußbaum – Juglans alba.

Die kleineren Vögel nahmen ihr Abschiedsmahl. In ihrem Jubel flatterten, zirpten und taumelten sie von Busch zu Busch, von Baum zu Baum, und waren wählerisch, gerade weil sie so viel Überfluß und Abwechslung rings umher fanden. Da war das ehrliche Rotkehlchen, welchem Knaben so gern nachstellen, mit seinem lauten Gesange; die zwitschernden Amseln, in ganzen Schwärmen fliegend, der goldbeschwingte Specht mit seinem roten Helmbusch, seinem breiten schwarzen Halsband, und glänzenden Gefieder; der Zedernvogel mit rot betupften Flügeln und gelb betupftem Schwanze, und seiner Federhaube, und der Blauhäher, der lärmende Geck mit seinem hellblauen Röckchen und weißen Unterkleidern, alle schreiend und schwatzend, nickend und neckend und neigend, und alle schienen in gutem Einvernehmen mit jedem Waldsänger stehen zu wollen.

Als Ichabod langsam seinen Weg entlang trabte, ließ er seinen Blick, der stets für alle Art von kostbaren Überflusse offen war, mit Behagen über die Schätze des wonnigen Herbstes streifen. Zu allen Seiten sah er unermeßliche Vorräte von Äpfeln; einige noch auf den schwer beladenen Bäumen, andere in Körben und Fässern für den Markt gesammelt, andere für die Apfelweinpresse zu großen Haufen aufgetürmt. Weiter in der Ferne sah er große Maisfelder, deren goldene Kolben aus der Blatthülle hervor blickten und Küchlein und Pudding versprachen; unter ihnen lagen die gelben Kürbisse, die ihre glatten runden Bäuche der Sonne zuwendeten und die köstlichsten Pasteten verhießen. Hier und da sah er Buchweizenfelder, die wie ein Bienenkorb dufteten, und bei diesem Anblick beschlich ihn eine süße Ahnung von köstlichen Pfannkuchen, mit Butter bestrichen, und mit Honig oder Sirup beträufelt von Katrinas zarter weiblicher Hand.

So fütterte er seinen Geist mit süßen Gedanken und
„gezuckerten Hoffnungen", während er längs einer Hügel-
reihe ritt, die auf einige der reizendsten Landschaften am
Ufer des mächtigen Hudson hinab schaute. Die Sonne
schob ihre große Scheibe allmählich gen Westen. Der weite
Busen des Tappaan-Zee lag wie ein glatter Spiegel, nur daß
hier und da ein leiser Wellenschlag den blauen Schatten des
fernen Gebirges bewegte und verlängerte. Einige bernstein-
farbene Wölkchen trieben am Himmel, ohne daß ein Luft-
hauch sie bewegt hätte. Allmählich verwandelte sich die
schöne Goldfarbe des Himmelsrandes in ein reines Apfel-

grün und verschwamm dann in das dunkle Blau der Himmelsmitte. Ein schräger Sonnenstrahl verweilte auf den waldigen Häuptern der steilen Höhen, welche an einigen Stellen über den Strom herabhingen und verlieh dem düsteren Grau und Purpur ihrer felsigen Seiten einen tieferen Farbton. Eine Schaluppe zögerte in der Ferne, langsam mit der Flut hinab fahrend, mit unnütz herabhängendem Segel, und da der Widerschein des Himmels auf dem stillen Wasser glänzte, schien das Fahrzeug wie in der Luft zu hängen.

Der Abend brach an, als Ichabod in Van Tassels Schloß ankam, wo er den Stolz und die Pracht der Nachbarschaft versammelt fand. Alte Bauern, ein abgelebtes Geschlecht, mit ledrigen Gesichtern, in hausgemachten Röcken und Beinkleidern, blauen Strümpfen und ungeheuren Schuhen mit prächtigen zinnernen Schnallen. Ihre munteren verwitterten Hausfrauen mit eng gefältelten Hauben, langen taillierten Kleidern, selbst gewebten Röcken, worauf Schere und Nadelkissen nebst Taschen von buntem Kaliko hingen. Dralle Mädchen, beinahe so veraltet gekleidet wie ihre Mütter, ausgenommen, wo ein Strohhut, ein schönes Band oder vielleicht ein weißes Kleid städtische Neuerung verrieten. Die Söhne in kurzen breitschößigen Röcken, mit ungeheuren messingenen Knöpfen besetzt, und das Haar nach damaliger Sitte zu einem Zopf gebunden, besonders wenn sie sich dazu eine Aalhaut hatten verschaffen können, die man im ganzen Lande für ein den Haarwuchs kräftig förderndes Mittel hielt.

Knochen-Brom aber war der Held des Festes. Er war auf seinem Lieblingspferde namens *Daredevil*[8] gekommen, einem Tier, das, wie er selber, voll Kühnheit und Schabernack war, und von ihm allein sich bändigen ließ. Es war

---

[8] Trotzteufel.

bekannt, daß er bösartige Pferde vorzog, die durch ihre Tücke den Reiter stets halsbrechenden Gefahren aussetzen, und ein lenksames, gut zugerittenes Tier hielt er eines draufgängerischen Burschen für unwürdig.

Gern wollte ich die Reize schildern, die dem entzückten Blicke meines Helden begegneten, als er in Van Tassels prachtvolles Haus trat; nicht die Reize einer Schar draller Dirnen, die ihre üppige Fülle in Rot und Weiß zur Schau stellten; sondern wegen des lockenden Überflusses eines echt holländischen Teetisches in der Fülle der Herbstzeit.

Solche aufgehäuften Platten mit verschiedenen und fast unbeschreiblichen Arten von Kuchen, die nur erfahrenen holländischen Hausfrauen bekannt sind! Da waren stattliche Windbeutel, zartere Ölkuchen, mürbe bröckelndes Schmalzgebackenes, süße Kuchen und Teegebäck, Ingwerkuchen und Honigkuchen, und die ganze Kuchensippschaft. Auch fehlten nicht Pasteten von Äpfeln, von Pfirsichen und Kürbissen; Scheiben von Schinken und geräuchertem Rindfleisch, köstliche Gerichte von eingemachten Pflaumen, Pfirsichen, Birnen und Quitten; nicht zu erwähnen gesottene Heringe und gebratene Hähnchen, mit Näpfen voll Milch und Rahm, alles untereinander wie Kraut und Rüben, oder beinahe wie ich's aufgezählt habe, samt der hausmütterlichen Teekanne, die mitten auf dem Tisch ihre Dampfwolken aufsteigen ließ. Lieber Himmel! es fehlt mir an Atem und Zeit, das Gastmahl nach Verdienst zu beschreiben, so eilig bin ich, mit meiner Geschichte weiter zu kommen. Ichabod aber war zum Glück nicht so sehr in Eile wie sein Geschichtschreiber, und ließ jedem Leckerbissen volles Recht widerfahren.

Er war eine gutmütige und nicht undankbare Kröte; sein Herz wurde weiter, je mehr er sich mit guter Leibesnahrung füllte, und wie bei einigen Menschen das Trinken, so hob bei ihm das Essen die Laune. Er konnte sich auch nicht enthalten, beim Essen seine großen Augen umher gleiten zu lassen, und sich heimlich der Möglichkeit zu freuen, daß all diese fast unvorstellbare Fülle und Herrlichkeit einst sein werden sollte. Dann dachte er daran, wie schnell er seinem alten Schulhaus den Rücken zuwenden wollte; wie er Hans Van Ripper und jedem andern knauserigen Gönner ein Schnippchen schlagen, und jeden wandernden Schulmeister, der ihn Kamerad nennen wollte, aus der Türe werfen wollte!

Der alte Baltus Van Tassel bewegte sich unter seinen Gästen, mit einem Gesicht, das Zufriedenheit und gute Laune so rund und fröhlich wie den Herbstmond machten. Seine gastfreundlichen Aufmerksamkeiten waren nicht umständlich, aber ausdruckvoll, und beschränkten sich auf einen Händedruck, einen Schlag auf die Schulter, ein lautes Auflachen und eine dringende Einladung, „zuzulangen und sich zu bedienen".

Die Musik rief nun zum Tanze. Der Spielmann war ein alter grauköpfiger Neger, der seit mehr als fünfzig Jahren das wandernde Orchester des Umlandes gewesen war. Sein Instrument war so alt und abgenutzt wie er selber. Den größten Teil der Zeit kratzte er auf zwei, oder drei Saiten, begleitete jeden Bogenstrich mit einer Bewegung des Kopfes, bückte sich fast bis auf die Erde, und stampfte mit dem Fuße, so oft ein neues Paar anfangen mußte.

Ichabod bildete sich so viel auf sein Tanzen ein wie auf seine Stimme. Nicht ein Glied, nicht eine Fiber an ihm war müßig, und sah man seine dürre Gestalt in voller Bewegung im Zimmer umher schlottern, so glaubte man Sankt Veit, den Schutzheiligen des Tanzes, höchstpersönlich vor sich zu sehen. Er ward bewundert von allen Negern, welche zahlreich, Alt und Jung, vom Gute und aus der Nachbarschaft herbeigekommen waren, und nun an jeder Tür und jedem Fenster eine Pyramide von glänzenden schwarzen Gesichtern bildeten, mit Entzücken dem Schauspiel zusahen, ihre weißen Augäpfel rollten und grinsende Elfenbeinreihen von einem Ohre zum andern sehen ließen. Wie hätte der Knabenpeitscher anders als lebendig und fröhlich sein können? Die Dame seines Herzens tanzte ja mit ihm, und erwiderte sein zärtliches Liebäugeln mit holdseligem Lächeln, während Knochen-Brom, von Liebe und Eifersucht heftig bewegt, vor sich hin brütend in einer Ecke saß.

Als der Tanz zu Ende war, zog es Ichabod zu dem Häuflein weiser Leute, die mit dem alten Van Tassel am Ende der Veranda eine Pfeife rauchten, von alten Zeiten schwatzten und lange Geschichten vom Krieg erzählten.

Diese Gegend war um die Zeit, wovon ich rede, einer der hoch begünstigten Orte, die reich an Sagen und großen Männern waren. Die britischen und amerikanischen Kriegsvölker hatten sich in der Nähe geschlagen, und dieser Bezirk war daher der Schauplatz von Räubereien gewesen, und von Flüchtlingen, von Cowboys und von Grenzrittertum aller Art heimgesucht worden. Es war gerade genug Zeit verflossen, daß jeder Erzähler sein Geschichtchen mit gebührender Dichtung ausschmücken und bei der Unbestimmtheit seiner Erinnerung sich selber zum Helden aller Taten machen konnte.

So erzählte man von Doffue Martling, einem dicken blaubärtigen Holländer, der beinahe eine englische Fregatte mit einem alten eisernen Neunpfünder von einer schlammigen Feldschanze aus genommen hätte, wenn nicht das Stück beim sechsten Schusse gesprungen wäre. Und da gab es einen alten Herrn, dessen Namen ich nicht nennen will, weil er ein zu reicher Mynheer ist, als daß er leichtfertig erwähnt werden dürfte, und der, als ein Meister in der Verteidigung, in der Schlacht bei White Plains eine Flintenkugel mit seinem Degen so gut abgewehrt hatte, daß sie an der Klinge hinpfiff und am Griff abstreifte, wie er denn

zu jeder Zeit bereit war, den Degen mit dem etwas ver-
bogenen Griff zu zeigen. Es gab noch mehre andere, die
ebenso viele Großtaten im Felde vollbracht hatten, und es
gab keinen unter ihnen, der nicht überzeugt gewesen wäre,
daß er maßgeblich dazu beigetragen hätte, den Krieg zu
einem glücklichen Ende zu bringen.

Doch all dies war nichts gegen die Geschichten von
Geistern und Erscheinungen, die darauf folgten. Die Gegend ist reich an Märchenschätzen dieser Art; örtliche
Sagen und abergläubische Meinungen gedeihen am besten
in diesen abgeschirmten, abgeschiedenen alten Ansiedlungen, werden aber durch das bewegliche Gedränge, das die
Volksmenge unter den Bewohnern unserer meisten ländlichen Ansiedlungen herbeiführt, zertreten. In der Mehrzahl
unsrer Dörfer gibt es auch keine Aufmunterung für Gespenster, da sie kaum Zeit gehabt hatten, ihr erstes Nicker-
chen zu halten und sich im Grabe umzuwenden, als schon
ihre überlebenden Freunde aus der Gegend weggezogen
waren, weshalb sie denn auf ihren nächtlichen Gängen keine
Bekannten finden, welchen sie einen Besuch abstatten
könnten. Dies ist vielleicht die Ursache, warum wir so selten von Geistern hören, außer in unseren alten holländischen Ansiedlungen.

Die nächste Ursache der Verbreitung von Gespenstergeschichten in dieser Gegend lag jedoch zweifellos an der
Nähe zu Sleepy Hollow. Selbst die Luft, die aus jenem
gespenstischen Gebiete wehte, enthielt etwas Ansteckendes,
das Träume und Einbildungen in der ganzen Gegend verbreitete. Es waren mehrere Leute aus Sleepy Hollow in Van
Tassels Haus und gaben, wie gewöhnlich, ihre tollen Wun-
dergeschichten zum Besten. Man hörte viele furchtbare
Geschichten von Leichenzügen, und von traurigem Geschrei und Wehklagen bei dem großen Baume in der Nachbarschaft, wo der unglückliche Major André gefangen

worden war. Auch wurde der weißen Frau gedacht, die im finsteren Tale bei *Raven Rock*[9] spukte, und deren Geschrei oft in Winternächten vor einem Sturme gehört wurde, da sie hier einst im Schnee umgekommen war. Die meisten Geschichten aber betrafen das Lieblingsgespenst von Sleepy Hollow, den kopflosen Reiter, der in letzter Zeit häufig gesehen wurde, wie er seine Streifzüge machte, und sein Pferd unter den Gräbern auf dem Kirchhofe angebunden haben sollte.

Die Kirche scheint wegen ihrer Abgelegenheit zu allen Zeiten ein Lieblingsplatz unruhiger Geister gewesen zu sein. Sie liegt auf einer Anhöhe, von Robinien und hohen Ulmen umgeben, aus welchen ihre weißen Mauern bescheiden hervorblicken, wie christliche Sittenreinheit aus den Schatten der Abgeschiedenheit. Ein sanfter Abhang senkt sich zu einem silbernen Wasserspiegel, von hohen Bäumen umgeben, zwischen welchen die blauen Hudson-

---

[9] Rabenfels.

Berge hervorblicken. Betrachtete man den grasbewachsenen Kirchhof, wo die Sonnenstrahlen so ruhig zu schlafen schienen, so hätte man denken sollen, daß dort zumindest die Toten in Frieden ruhen könnten. Auf der einen Seite der Kirche verläuft ein breites bewaldetes Tal, durch welches ein großer Bach zwischen Felsbrocken und umgestürzten Baumstämmen wild hinabbrauscht. Über eine tiefe dunkle Stelle des Waldbaches, nicht weit von der Kirche, ging vor Zeiten eine hölzerne Brücke, und der dahin führende Pfad, sowie die Brücke selbst, waren dicht beschattet von überhängenden Bäumen, die selbst bei Tage Düsternis verbreiteten, aber bei Nacht eine furchtbare Finsternis bewirkten. Dies war einer der Lieblingsorte des kopflosen Reiters, und der Ort, wo man ihn am häufigsten sah. Man erzählte, wie der alte Brouwer, bekannt durch seinen ketzerischen Unglauben an Geister, auf den Reiter gestoßen, als dieser von seinem Streifzuge nach Sleepy Hollow zurückkehrte, und gezwungen gewesen war, sich hinter ihn zu setzen; wie sie über Busch und Gestrüpp, über Hügel und Sumpf gesprengt waren, bis sie die Brücke erreicht hatten, wo der Reiter sich plötzlich in ein Gerippe verwandelte, den alten Mann in den Bach warf, und mit einem Donnerschlag über die Wipfel der Bäume davonsprang.

Dieser Erzählung folgte ein dreimal so wunderbares Abenteuer von Knochen-Brom, der von dem galoppierenden Hessen so geringschätzig wie von einem gemeinen Wettreiter sprach. Er war einst, wie er behauptete, bei der Rückkehr aus dem benachbarten Dorfe Sing-Sing, von dem nächtlichen Reitersmann eingeholt worden, worauf er ihm denn einen Wettritt um eine Schale Punsch vorgeschlagen hatte, und er würde auch gewonnen haben, da das Gespensterpferd mit Daredevil nicht mithalten konnte, aber als sie an die Kirchenbrücke kamen, hielt der Hesse und verschwand in einem Feuerblitz.

Alle diese Geschichten, in dem dumpfen Tone erzählt, womit Männer im Finstern zu sprechen pflegen, während die Gesichter der Zuhörer nur zuweilen von dem Glutschein einer Tabakspfeife beleuchtet wurden, machten einen tiefen Eindruck auf Ichabod. Er gab dafür zur Vergeltung reichliche Auszüge aus seinem unschätzbaren Cotton Mather zum Besten, und erzählte viele wunderbare Begebenheiten, die sich in seiner Heimat Connecticut zugetragen hatten, und furchtbare Geschichten, Erscheinungen, die er auf seinen nächtlichen Wanderungen in der Gegend von Sleepy Hollow gesehen habe.

Das Fest löste sich nun allmählich auf. Die alten Pächter luden die Ihrigen auf ihre Wagen, die man eine Zeitlang durch die Hohlwege und über die entfernten Hügel rasseln hörte. Einige Mädchen setzten sich auf Reitkissen hinter ihre Liebsten, und ihr unbeschwertes Lachen hallte, vermischt mit dem Hufgeklapper, in den stillen Wäldern wider, bis die immer schwächeren Töne allmählich verhallten – und der Schauplatz, den kurz vorher Lärm und Fröhlichkeit belebt hatten, still und verödet war. Ichabod allein blieb noch zurück, nach der Sitte der ländlichen Freier, um mit der Erbin ein Tête-à-Tête zu führen, in der vollen

Überzeugung, nun auf dem geraden Wege zu seinem Glück zu sein.

Was sich bei diesem Gespräch begab, nehme ich mir nicht heraus zu erzählen, weil ich es in der Tat nicht weiß. Etwas muß jedoch, fürchte ich, schiefgegangen sein, da es gewiß ist, daß er sich nach kurzer Zeit mit untröstlicher Miene und langem Gesichte heimwärts wandte. O diese Frauen! Diese Frauen! Konnte es möglich sein, daß dieses Mädchen ihm einen ihrer koketten Streiche gespielt hatte? War ihre Aufmunterung des armen Schulmeisters nichts als eine Scharade, um ihr die Eroberung seines Nebenbuhlers zu sichern? Der Himmel weiß es, ich nicht. Nur so viel sage ich, Ichabod schlich sich davon und sah nicht ans, als ob er das Herz einer schönen Dame, nein, als ob er einen Hühnerkorb geplündert hätte. Ohne sich nach rechts oder links nach dem ländlichen Überflusse umzuschauen, worauf er so oft sehnsüchtig geblickt hatte, ging er schnurstracks in den Stall und weckte mit tüchtigen Stößen und Tritten sehr unhöflich sein Pferd aus der behaglichen Ruhe, worin es tief schlummerte und von ganzen Korn- und Haferbergen, von ganzen Tälern von Wiesengras und Klee träumte.

Es war in der rechten Hexenstunde der Nacht, als Ichabod mit schwerem und betrübtem Herzen längs dem Abhange des Hügels heim ritt, der sich über Tarrytown erhebt, auf demselben Wege, den er am Nachmittage mit so frohem Gemüte gemacht hatte. Die Stunde war so trübselig wie er selbst. Tief unter ihm breitete der Tappaan-Zee ihre düstere wässrige Ebene in unbestimmter Dämmerung aus, wo hier und da der lange Mast einer Schaluppe emporragte, die ruhig unter dem hohen Uferlande vor Anker lag. In der totenstillen Mitternachtsstunde hörte er sogar das Gebelle des Hofhundes vom jenseitigen Ufer des Hudson, aber es war so schwach und unbestimmt, daß es nur eine Ahnung seiner Entfernung von dem getreuen Gefährten des Menschen erweckte. Zuweilen erschallte auch das langgedehnte Krähen eines zufällig erwachten Hahns aus irgend einem sehr weit entfernten Landgute im Gebirge, aber es klang nur wie ein Traumton in seinen Ohren. Kein Zeichen von Leben war in seiner Nähe, als von Zeit zu Zeit das traurige Zirpen einer Grille, oder vielleicht aus einem benachbarten Sumpfe der Kehlton eines Frosches, der etwa unruhig schlafen oder sich plötzlich in seinem Lager umwenden mochte.

Alle Geschichten von Geistern und Kobolden, die er am Nachmittag gehört hatte, drängten sich nun seiner Erinnerung auf. Die Nacht ward immer dunkler; die Sterne schienen immer tiefer in das Himmelsgewölbe zu sinken und treibende Wolken verbargen sie zuweilen vor seinen Blicken. Er hatte sich noch nie so einsam und traurig gefühlt.

Außerdem näherte er sich dem Orte, welcher der Schauplatz vieler Geistergeschichten gewesen war. Mitten auf der Straße stand ein ungeheurer Tulpenbaum, der sich wie ein Riese über alle benachbarten Bäume erhob, und eine Art von Landmarke bildete. Seine Äste waren knorrig und bildeten phantastische Formen; dick genug für gewöhnliche Bäume, wanden sie sich beinahe bis auf die Erde herab, und stiegen dann wieder in die Luft empor. Der Baum ward in der Geschichte des unglücklichen André erwähnt, den man nahe dabei gefangen genommen hatte, und man nannte ihn überall Major André's Baum. Das gemeine Volk betrachtete ihn mit einer gemischten Regung von Ehrfurcht und Aberglauben, teils bewegt von Teilnahme mit dem Schicksale jenes armen Mannes, teils von der Erinnerung an die Geschichten von seltsamen Erscheinungen und traurigen Wehklagen, die man davon erzählte.

Als sich Ichabod dem furchtbaren Baume näherte, fing er an zu pfeifen. Er glaubte, sein Pfeifen wäre erwidert worden; aber es war nur ein Windstoß, der scharf durch die dürren Zweige blies. Er kam näher, und glaubte etwas Wießes mitten im Baum hängen zu sehen. Er hielt mit Pfeifen inne; als er aber genauer hinsah, fand er, daß es eine Stelle war, wo der Baum vom Blitz getroffen worden war, und das weiße Holz nackt hervorblickte. Plötzlich hörte er ein Stöhnen; seine Zähne klapperten, und seine Knie schlugen an den Sattel; aber es war nur ein mächtiger Zweig, der sich auf dem andern rieb, als der Wind sie bewegte. Er kam glücklich bei dem Baume vorüber, aber neue Gefahren lagen vor ihm.

Ungefähr dreihundert Schritte von dem Baume floß ein kleiner Bach über den Weg und strömte in ein sumpfiges, dicht beholztes Tal, das man Wiley's Sumpf nannte. Einige nebeneinander gelegte rohe Baumstämme dienten als Brücke. Auf der Seite des Weges, wo der Bach in den Wald floß, erhoben sich einige Eichen und Kastanienbäume, mit wilden Weinreben dicht durchflochten, die sich düster darüber wölbten. Über diese Brücke zu gehen, war die härteste Prüfung. An eben jener Stelle war der unglückliche André gefangen worden, und unter dem Schatten dieser Kastanienbäume und Reben waren die kräftigen Gegner, die ihn überfielen, verborgen gewesen. Seitdem war es an diesem Bache nicht geheuer, und jeder Schulknabe zitterte, der nach Anbruch der Dunkelheit diesen Weg gehen mußte.

Als er sich dem Bache näherte, begann sein Herz zu pochen; aber er nahm seine ganze Entschlossenheit zusammen, versetzte seinem Pferde mehrere Rippenstöße, und wollte rasch über die Brücke setzen. Das störrische alte Tier war jedoch nicht vorwärts zu bringen, sondern machte eine Bewegung zur Seite und rannte gerade gegen den Zaun. Ichabod, dessen Angst bei der Verzögerung stieg, riß die

Zügel auf die andere Seite und stieß munter mit dem andern Fuße. Alles vergebens! Das Tier erschrak, sprang aber alsbald auf die andere Seite des Weges in ein Dickicht von Brombeergesträuch und Holunderbüschen. Ichabod gebrauchte nun Peitsche und Fersen gegen die mageren Rippen des alten Gunpowder, der keuchend und schnaubend voran schoß, aber so plötzlich gerade vor der Brücke stehen blieb, daß der Reiter ihm beinahe über den Kopf geflogen wäre. In diesem Augenblicke hörte Ichabods empfindliches Ohr ein Stampfen auf dem Moorboden nahe an der Brücke. Im dunklen Schatten des Gebüsches, am Rande des Baches, sah er eine ungeheure, schwarze, hochragende Mißgestalt. Sie bewegte sich nicht von der Stelle, schien sich aber aufzurichten in der Dunkelheit, wie ein Riesenungeheuer, im Begriff, auf den Reisenden loszuspringen.

Dem erschrockenen Schulmeister sträubte sich das Haar. Was sollte er tun? Um umzukehren und zu fliehen, war zu spät, und wie ließ sich einem Geiste oder Kobold entrinnen, wenn es ein solches Wesen war, das auf des Windes Flügeln daher fahren konnte! Er nahm seinen ganzen Mut zusammen und fragte stammelnd: „Wer seid Ihr?" Keine Antwort. Er wiederholte die Frage mit noch aufgeregterer Stimme. Aber vergebens, niemand antwortete. Noch einmal peitschte er den unbeugsamen Gunpowder, und seine Augen schließend, brach er mit unwillkürlicher Inbrunst in eine Psalmenmelodie aus. In diesem Augenblick aber hatte die Schattengestalt sich in Bewegung gesetzt, und war mit einem Satze mitten auf dem Wege. So finster und furchtbar die Nacht auch war, so ließ sich doch die Gestalt des Unbekannten nun einigermaßen unterscheiden. Es schien ein gewaltiger Reiter auf einem mächtigen schwarzen Pferde zu sein. Er verriet keine Absicht, ihn zu belästigen oder sich zu ihm zu gesellen, sondern hielt Abstand auf der anderen Seite des Weges, und trabte auf der blinden Seite des alten Gunpowder, der nun seine Furcht und Bösartigkeit abgelegt hatte.

Ichabod, dem der seltsame mitternächtliche Gefährte nicht behagte, und der an Knochen-Broms Abenteuer mit dem galoppierenden Hessen dachte, trieb nun sein Roß an, in der Hoffnung, ihn hinter sich zu lassen. Der Unbekannte ritt gleichfalls schneller. Ichabod ließ sein Pferd in einen gemächlichen Schritt fallen, um zurückzubleiben – doch der andere tat es ihm gleich. Dem Schulmeister sank der Mut. Er suchte wieder seinen Psalm anzustimmen, aber seine ausgedorrte Zunge klebte an seinem Gaumen und er konnte keinen Vers herausbringen. Das finstere und verdrießliche Schweigen seines hartnäckigen Gefährten hatte etwas Geheimnisvolles und Erschreckendes an sich, und es wurde bald auf furchtbare Weise erklärt. Als sie eine Anhöhe erreichten, wo sich die Gestalt des riesengroßen, in einen Mantel gehüllten Reiters vor dem dunklen Himmelsgewölbe abzeichnete, sah Ichabod mit Entsetzen, daß sein Begleiter kopflos war, und sein Schrecken stieg noch höher, als er sah, daß der Kopf, der auf den Schultern hätte sitzen sollen, vor ihm auf dem Sattelknauf saß! Sein Entsetzen stieg bis zur Verzweiflung. Er ließ Stöße und Hiebe auf Gunpowder regnen, und hoffte durch eine plötzliche Bewegung seinem Begleiter zu entrinnen, aber das Gespenst blieb an seiner Seite. Fort ging es durch Dick und Dünn, und Steine flogen und Funken stoben bei jedem Satz. Ichabods fadenscheinige Kleider flatterten in der Luft, als er in der Eile der Flucht seinen langen dürren Leib über den Kopf des Pferdes streckte.

Sie hatten nun die Straße erreicht, die nach Sleepy Hollow führt, aber Gunpowder schien von einem Dämon besessen zu sein, und statt jenem Wege zu folgen, wendete sich das Tier auf die andere Seite und stürmte bergab. Dieser Pfad führt durch einen sandigen Hohlweg und ist eine Viertelmeile weit mit Bäumen beschattet, bis zu der in der Gespenstergeschichte berüchtigten Brücke, und gleich jenseits des Weges erhebt sich der grüne Hügel, worauf die weißgetünchte Kirche steht.

Der plötzliche Schrecken des Pferdes hatte dem unge-schickten Reiter einen scheinbaren Vorteil im Wettrennen gegeben, als er aber mitten im Hohlwege war, fühlte er, daß der Sattel, dessen Gurt sich gelöst hatte, unter ihm wegglitt. Er versuchte, den Sattel am Knauf festzuhalten, aber ver-gebens, und er hatte nur so viel Zeit, den Hals des alten Gunpowder zu umschlingen, um sich zu retten, als der Sattel auf die Erde fiel, und alsbald von seinem Verfolger niedergetreten wurde. Für einen Augenblick durchfuhr ihn der erschreckende Gedanke an Hans Van Rippers Zorn, denn es war sein Sonntagsattel; aber es war nicht Zeit, so unbedeutenden Besorgnissen Raum zu geben. Das Gespenst war ihm dicht auf den Fersen, und er, der ungeschickte Reiter, hatte seine Not, sich auf seinem Sitze zu halten, da er bald auf die eine, bald auf die andre Seite glitt, und zuweilen mit einer Heftigkeit auf das hohe Rückgrat seines Pferdes stieß, daß er fürchtete, gespalten zu werden.

Eine Öffnung zwischen den Bäumen weckte in ihm nun die erfreuliche Hoffnung, daß die Kirchenbrücke nahe war. Der Widerschein eines blinkenden Sternes im Spiegel des

Baches gab ihm die Bestätigung. Er sah die Mauern der Kirche unter den Bäumen matt hervorblinken. Et erinnerte sich an die Stelle, wo Knochen- Broms gespenstischer Gefährte verschwunden war. „Kann ich nur die Brücke erreichen", dachte Ichabod, „so bin ich in Sicherheit." In diesem Augenblicke aber hörte er den Rappen dicht hinter sich keuchen und schnauben, und er glaubte sogar des Tieres heißen Atem zu fühlen. Noch ein krampfhafter Stoß in die Rippen, und Gunpowder setzte über die Brücke, flog donnernd über die wiederhallenden Bohlen, und kam ans jenseitige Ufer. Ichabod warf nun einen Blick rückwärts, um zu sehen, ob sein Verfolger, der Regel gemäß, in einem Aufblitzen aus Feuer und Schwefel verschwände. In diesem Augenblicke aber erhob sich das Gespenst in den Steigbügeln, und war im Begriff, seinen Kopf auf ihn zu schleudern. Ichabod versuchte, dem furchtbaren Wurfgeschoß auszuweichen, aber zu spät! Es traf seinen Schädel mit entsetzlichem Krachen; er stürzte in den Staub und Gunpowder, der Rappe und das Reitergespenst flogen wie ein Wirbelwind an ihm vorüber.

Am nächsten Morgen fand man das Pferd ohne Sattel, mit dem Zaume unter den Füßen, ehrbar grasend vor der Türe seines Herrn. Ichabod erschien nicht beim Frühstück; die Tischzeit kam, aber kein Ichabod. Die Knaben versammelten sich im Schulhaus und schlenderten müßig am Bachlauf entlang, aber kein Schulmeister ließ sich sehen. Hans Van Ripper wurde nun ein wenig besorgt um den armen Ichabod, und um seinen Sattel. Man stellte Nachforschungen an, und nach eifriger Untersuchung entdeckte man seine Spur. Auf der Straße, die zur Kirche führte, fand man den Sattel in den Dreck getreten; man konnte tief eingedrückte Spuren von Pferdehufen, die offenbar in willder Eile geflogen waren, bis zur Brücke verfolgen, und jenseits derselben, am Ufer, wo der breitere Bach tief und dunkel floß, lag der Hut des unglücklichen Ichabod und nicht weit davon ein zerborstener Kürbis.

Der Bach wurde untersucht, aber der Leichnam des Schulmeisters wurde nicht gefunden. Hans Van Ripper, als Aufseher des Nachlasses, untersuchte das Bündel, worin sich Ichabods gesamte weltliche Besitztümer befanden. Sie bestand in zweieinhalb Hemden, zwei Halsbinden, ein oder zwei Paar Kammgarnstrümpfen, einem alten Paar gerippter Unterhosen, einem rostigen Schermesser, einem eselsohrigen Psalmenbuch und einer zerbrochenen Stimmpfeife. Die Bücher und das Gerät im Schulhaus waren Eigentum der Gemeinde, ausgenommen Cotton Mather's Geschichte der Hexerei, ein Kalender von Neu-England, sowie auch ein Traum- und Wahrsage-Buch, worin auf einem feinem wießen Blatt viel gekritzelt und ausgestrichen war, bei vergeblichen Versuchen, einige Verse zu Ehren der Van Tassel-Erbin ins Reine zu schreiben. Hans Van Ripper übergab das Buch samt dem poetischen Gekritzel sogleich den Flammen, und faßte den Entschluß, seine Kinder fortan nicht mehr in die Schule zu schicken, mit der Bemerkung, er wüßte nicht, wie aus solcher Leserei und Schreiberei irgend etwas Gutes kommen könnte. Was der Schulmeister an Geld besessen haben mochte – und es war ihm erst zwei Tage vorher seine vierteljährige Besoldung ausgezahlt worden – mußte er zur Zeit seines Verschwindens bei sich gehabt haben.

Das mysteriöse Ereignis löste am folgenden Sonntag beim Kirchgang viele Spekulationen aus. Es sammelten sich Haufen von Gaffern und Schwätzern auf dem Kirchhof, an der Brücke und auf der Stelle, wo man Hut und Kürbis gefunden hatte. Man rief sich die Geschichten von Brouwer, Knochen-Brom und allen anderen zurück, und als man alle sorgfältig erwogen und mit den Erscheinungen des vorliegenden Falles verglichen hatte, schüttelte man den

Kopf und kam zu dem Schluß, der galoppierende Hesse hätte den Schulmeister entführt. Ichabod war ein Junggeselle und niemanden etwas schuldig, daher bekümmerte sich niemand mehr um ihn; die Schule wurde in eine andere Gegend des Tales verlegt, und ein anderer Lehrer übernahm die Leitung.

Ein alter Landmann, der mehre Jahre später nach New York reiste, der Erzähler dieser Gespenstergeschichte, brachte die Nachricht mit, daß Ichabod Crane noch lebte, daß er seinen früheren Wohnort teils aus Furcht vor dem Gespenst und vor Hans Van Ripper, teils aus Verdruß über den so plötzlich von der Erbin erhaltenen Korb verlassen, daß er in einer entlegenen Gegend des Landes seinen Wohnsitz genommen, eine Schule geführt und dabei gleichzeitig die Rechtswissenschaft erlernt und schließlich als Advokat zugelassen wurde, darauf Politiker und Wahlhelfer, Zeitungschreiber und zuletzt gar Friedensrichter geworden war. Knochen-Brom, der bald nach dem Verschwinden seines Nebenbuhlers die blühende Katrina in stolzer Siegesfreude zum Altar geführt hatte, sah sehr pfiffig aus, so oft Ichabods Geschichte erzählt wurde, und bei Erwähnung des Kürbisses brach er immer in ein herzliches Gelächter aus, was manche auf den Argwohn brachte, daß ihm mehr von der Geschichte bekannt wäre, als ihm zu sagen beliebte.

Die alten Weiber aber, die am besten über solche Dinge zu urteilen verstehen, behaupten bis auf den heutigen Tag, Ichabod wäre auf übernatürliche Weise verschwunden, und es ist eine Lieblingsgeschichte, die man gern abends am winterlichen Herde erzählt. Die Brücke ward mehr als je ein Gegenstand abergläubischer Furcht, und dies mag die Ursache gewesen sein, daß man seither den Weg zur Kirche längs dem Mühlteiche angelegt hat. Das verlassene Schulhaus geriet bald in Verfall, und der unglückliche Schulmeister sollte darin umgehen, und wenn der Ackerjunge an einem stillen Sommerabende heimschlenderte, glaubte er oft Ichabods Stimme in der Ferne zu hören, wie sie in der ruhigen Einsamkeit von Sleepy Hollow eine traurige Psalmenmelodie sang.

Vorstehende Geschichte ist fast in denselben Worten wiedergegeben worden, wie ich sie bei einer Versammlung in der alten Stadt der Manhottoes[10] erzählen hörte, wobei viele der klügsten und angesehensten Bürger zugegen waren. Der Erzähler war ein freundlicher, artiger Mann, jedoch ein wenig ärmlich in einen graumelierte Anzug gekleidet, mit einem trübselig launigen Gesichte, ein Mann, den ich für bedürftig hielt, weil er sich so viel Mühe gab, unterhaltsam zu sein. Als er seine Geschichte geendigt hatte, gab es viel Gelächter und Beifallsbezeigungen, besonders von Seiten einiger Ratsherren, welche die meiste Zeit geschlafen hatten. Es befand sich jedoch unter den Anwesenden ein sehr trocken aussehender alter Herr mit buschigen Augenbrauen, der während der ganzen Erzählung ein ernstes, fast finsteres Gesicht machte, zuweilen seine Arme verschränkte, den Kopf neigte, und auf den Boden blickte, als ob er einen Zweifel erwogen hätte. Es war einer jener argwöhnischen Menschen, die nur aus guten Gründen lachen, wenn sie die Vernunft und das Recht auf ihrer Seite haben. Als die Heiterkeit der übrigen Anwesenden nachgelassen hatte und alles wieder schwieg, stützte er einen Arm auf die Stuhllehne und stemmte den andern in die Seite, und fragte er mit einer leichten, aber ungemein klugen Kopfbewegung, und zusammengezogenen Brauen, welche Lehre denn aus der Geschichte gezogen werden, und was sie beweisen sollte.

---

[10] New York, von dem Namen des Stammes der eingeborenen Amerikaner, der hier einst seinen Sitz hatte.

Der Erzähler, der eben ein Glas Wein zum Munde führte, um sich nach seiner Anstrengung zu erfrischen, schwieg einen Augenblick, blickte dann mit ungemeiner Ehrerbietung auf den Frager, und bemerkte, das Glas langsam niedersetzend: „Daß die Geschichte sehr bündig beweisen sollte, daß keine Lebenslage ohne ihre Vorteile und Freuden wäre, wenn wir nur mit einem Scherze hinein gingen; daß daher derjenige, der mit gespenstischen Reitern ein Wettrennen hielte, vermutlich sehr übel fahren möchte, und folglich ein Landschulmeister, der von einer niederländischen Erbin einen Korb bekäme, auf dem sichersten Wege wäre, zu hohen Würden im Staate zu kommen.“

Der wachsame alte Herr zog nach dieser Erläuterung die Stirne noch zehnmal mehr zusammen, und die Schlußfolgerung setzte ihn nicht wenig in Verwirrung, während der Mann im graumelierten Anzug ihn beinahe triumphierend ansah. Endlich machte jener die Bemerkung, alles dies wäre gut und schön, aber die Geschichte käme ihm doch ein wenig übertrieben vor, und besonders über zwei Punkte hätte er seine Zweifel.

„Ja freilich“, erwiderte der Erzähler, „wollen wir davon reden, so glaube ich selber nicht mehr als die Hälfte davon.“

RIP VAN WINKLE.

Bei Wotan, Gott der Sachsen,
Woher Wednesday (Mittwoch) stammt,
d.i. Wotanstag,
Werde ich stets die Wahrheit wahren
Bis zu dem Tage, an dem ich in
Mein Grab mich lege—
CARTWRIGHT.

WER am Hudson hinaufgereist ist, erinnert sich der Kaatskill-Berge. Sie sind ein abgelöster Zweig der großen Apalachen-Kette, und man sieht sie westlich vom Flusse zu stolzer Höhe emporragen und die umliegende Gegend gebieterisch überschauen. Jede Veränderung der Jahreszeit, jeder Wechsel der Witterung, ja jede Stunde des Tages bringt eine Umwandlung in den zau-

berischen Farben und Gestalten dieser Berge hervor, die
von allen Hausfrauen nahe und fern als vollkommene Baro-
meter betrachtet werden. Wenn das Wetter schön und
beständig ist, sind sie in Blau und Purpur gekleidet, und
zeichnen ihre kühnen Umrisse auf dem hellen Abendhim-
mel ab; zuweilen aber, wenn die übrige Gegend unbewölkt
ist, sammelt sich um ihre Häupter eine graue Nebelhülle,
welche bei den letzten Blicken der untergehenden Sonne
wie eine Strahlenkrone glänzt.

Am Fuße dieser feenhaften Gebirge wird der Wanderer
eine leichte Rauchsäule bemerkt haben, die aus einem Dorfe
aufsteigt, dessen Schindeldächer unter den Bäumen hervorblicken, wo die blauen Umrisse des Gebirgslandes in das
frische Grün der näheren Landschaft übergehen, Es ist ein
sehr altes Dörfchen, das in der frühesten Zeit der Ansiedlung von einigen Holländern angelegt wurde, und noch vor
wenigen Jahren standen dort einige, von den ursprünglichen Ansiedlern gebaute Häuser, die von kleinen gelben,
aus Holland mitgebrachten Ziegeln erbaut waren, Gitterfenster und Giebel hatten und Wetterhähne trugen.

In eben diesem Dorfe und in einem jener Häuser – freilich sehr verfallen und vom Wetter beschädigt – lebte vor
vielen Jahren, als das Land noch unter Großbritanniens
Herrschaft stand, ein schlichter, gutherziger Mann namens
Rip Van Winkle. Es war ein Abkömmling jener Van Wink-
les, die in den ritterlichen Tagen des Befehlshabers Peter
Stuyvesand eine so glänzende Rolle gespielt, und ihn bei der
Belagerung des Forts Christina begleitet hatten. Er hatte
jedoch nur wenig von dem kriegerischen Sine seiner Ahnen
geerbt, und war, wie gesagt, ein schlichter, gutmütiger
Mann, darüber hinaus ein freundlicher Nachbar und ein
gehorsamer Pantoffelheld. Es mag auf Rechnung dieses
letzten Umstandes jene Sanftmut kommen, die ihn so
allgemein beliebt machte; denn diejenigen Männer sind

außer dem Hause die dienstfertigsten und versöhnlichsten, die daheim unter der Zucht eines Hausdrachen stehen. Ihre Stimmung wird ohne Zweifel in dem Feuerofen häuslicher Trübsal biegsam und dehnbar, und eine Gardinenpredigt taugt mehr als alle Predigten in der Welt dazu, die Tugenden der Geduld und Langmut zu lehren. Ein zänkisches Weib kann daher in mancher Hinsicht als ein leidlicher Segen angesehen werden, und ist dies gegründet, so war Rip Van Winkle dreimal gesegnet.

So viel ist gewiß, er stand in großer Gunst bei allen Hausfrauen im Dorfe, welche, wie es bei dem liebenswürdigen Geschlechte gewöhnlich ist, bei allen häuslichen Zänkereien auf seine Seite traten, und wenn sie in ihren abendlichen Klatschgesellschaften diese Dinge besprachen, alle Schuld stets auf Mrs. Van Winkle warfen. Die Dorfkinder selbst frohlockten, wenn er sich sehen ließ. Er war bei ihren Zeitvertreiben mit von der Partie, machte ihnen Spielsachen, lehrte sie, Drachen fliegen und Murmeln schießen zu lassen, und erzählte lange Geschichten von Geistern, Hexen und Wilden. So oft er durchs Dorf zog, war er von einem Schwarm von Kindern umgeben, die sich an seinen Rockschöße festhielten, ihm auf den Rücken kletterten und ihm ungestraft tausend Possen spielten, und in der ganzen Gegend bellte kein Hund ihn an.

Rip's großer Fehler war ein unüberwindlicher Abscheu gegen alle nützliche Arbeit. Es war jedoch keineswegs Mangel an Unverdrossenheit oder Beharrung; denn er saß oft auf einem feuchten Felsen, mit einer Rute, so lang und schwer wie eine Tatarlanze, und fischte den ganzen Tag ohne Murren, und wenn auch nicht ein einziger anbeißender Fisch ihn ermuntert hätte. Er ging stundenlang mit einer Flinte auf der Schulter durch Wald und Sumpf, bergan und talwärts, um einige Eichhörnchen oder wilde Tauben zu schießen. Nie verweigerte er einem Nachbar seinen Beistand, selbst bei der schwersten Arbeit, und war bereit zu allen ländlichen Lustbarkeiten, und wo Mais ausgehülst, oder steinerne Einfriedigungen errichtet werden sollten. Die Dorfweiber pflegten ihn auch zu gebrauchen, ihre Bestellungen zu machen und die kleinen wunderlichen Dienste für sie zu verrichten, die ihre minder gefälligen Ehemänner nicht übernehmen wollten. Kurz, Rip war bereit, jedermanns Arbeit zu tun, nur die seinige nicht; und seine Hausvaterpflicht zu erfüllen und sein Gut in Ordnung zu halten, schien ihm unmöglich.

Er äußerte auch wirklich, es wäre von keinem Nutzen, sein Landgut zu bebauen; er hätte das greulichste Stück

Feld in der ganzen Gegend und es würde ihm damit alles mißlingen, was er auch tat. Seine Einfriedungen fielen immer zusammen, seine Kuh verirrte sich oder gelangte in den Kohl; das Unkraut wucherte auf seinen Feldern immer mehr als anderswo, das Regenwetter stellte sich stets in dem Augenblicke ein, wo er etwas außer Haus zu tun hatte, und so schmolz ein Acker seines väterlichen Erbes nach dem andern unter seiner Verwaltung zusammen, bis nicht viel mehr übrig war, als ein Stückchen Feld für Mais und Kartoffeln, und es war das am schlechtesten gepflegte Landgut in der ganzen Gegend.

Seine Kinder waren so zerlumpt und wild, als ob sie niemanden angehört hätten. Rip, sein Sohn und sein ganzes Ebenbild, versprach der Erbe der Gewohnheiten, wie der alten Kleider seines Vaters werden zu wollen, und ging gewöhnlich wie ein Füllen hinter seiner Mutter her, in seines

Vaters abgelegten Kniebundhosen, die er mühsam mit einer Hand herauf zog, wie eine Schöne ihre Schleppe bei schlechtem Wetter.

Rip Van Winkle war jedoch einer jener glücklichen Sterblichen, die in ihrer törichten und fügsamen Stimmung alles in der Welt leicht nehmen, weißes oder schwarzes Brot essen, was sie gerade mit der leichtesten Mühe gewinnen können, und lieber bei einem Penny Hungers sterben, als für ein Pfund arbeiten. Hätte man ihn sich selber überlassen, so würde er sein Leben in vollkommener Zufriedenheit verbummelt haben; aber seine Frau lärmte ihm immer vor den Ohren von seiner Trägheit, seiner Sorglosigkeit, und dem Verderben, das er den Seinigen bereitete. Ihre Zunge war morgens, mittags und abends in unaufhörlicher Bewegung, und alles, was er sagte oder tat, brachte unfehlbar einen Erguß häuslicher Beredsamkeit hervor. Rip hatte nur eine einzige Antwort auf alle diese Predigten, die durch häufigen Gebrauch zur Gewohnheit geworden war. Er zuckte mit den Achseln, schüttelte den Kopf, blickte aufwärts und sagte nichts. Dies reizte jedoch die Frau immer zu einer neuen Ladung, und er war froh, sich zurückzuziehen und außerhalb des Hauses Zuflucht zu suchen, dem einzigen Orte, der einem geplagten Ehemanne eigentlich gehört.

Rip's einziger Anhänger im Hause war sein Hund, Wolf, der ebensosehr unter dem Pantoffel stand wie sein Herr; denn Mrs. Van Winkle hielt beide für gleichermaßen träge und sah den Hund scheel an, den sie für die Ursache des häufigen Umherstreifens seines Herrn hielt. Allerdings war Wolf in allen Stücken, was sich für einen wackeren Hund ziemt, so mutig, als irgend ein Tier, das je durch die Wälder schweifte; aber welcher Mut kann gegen die immer dauernden und alles bedrängenden Schrecknisse einer Weiberzunge bestehen? Sobald Wolf ins Haus kam, sank sein Mut, sein Schwanz hing herab oder krümmte sich zwischen den Beinen; er schlich mit einer Leidensmiene umher, wobei er manchen Seitenblick auf Mrs. Van Winkle warf, und bei dem geringsten Schwanken eines Besenstiels oder Löffels floh er jaulend und eilig nach der Türe.

Es ward immer ärger für Rip Van Winkle, als die Ehejahre verflossen; denn ein herbes Gemüt wird nie durch die Jahre besänftigt, und eine scharfe Zunge ist das einzige schneidende Werkzeug, das durch steten Gebrauch immer schärfer wird. Eine lange Zeit hindurch tröstete er sich, wenn er aus dem Hause getrieben war, durch den Besuch eines geselligen Vereins der Weisen und anderen müßigen Leute im Dorfe, der seine Sitzungen auf der Bank vor einer kleinen Schenke hielt, die durch das rote Bildnis König Georges des Dritten bezeichnet ward. Hier pflegten sie an einem langen trägen Sommertage im Schatten zu sitzen, und sich ernsthaft mit Dorfklatschereien zu unterhalten oder endlose einschläfernde Geschichten von Nichtigkeiten zu erzählen. Ein Staatsmann aber hätte sein Geld darum geben können, wenn er die tiefsinnigen Unterhaltungen gehört hätte, welche stattfanden, so oft etwa der Zufall ihnen ein altes Zeitungblatt von einem vorüberziehenden Reisenden in die Hände brachte. Wie feierlich sie auf den Inhalt horchten, wenn Derrick Van Bummel, der Schulmeister, ein flinkes gelehrtes Männchen, dem nicht vor dem riesenhaftesten Worte im Wörterbuche bange ward, ihnen vorlas, und wie weise sie über öffentliche Angelegenheiten – freilich einige Monate nach den Ereignissen – beratschlagten!

Die Meinungen dieser Versammlung wurden gehörig bewacht von dem alten Nicholas Vedder, dem Wirt der Schenke, vor deren Türe er von morgens bis abends seinen Sitz nahm, und sich nicht mehr bewegte, als gerade nötig war, um die Sonne zu vermeiden, und sich unter den

Schatten eines breitwipfeligen Baumes zu stellen, weshalb denn die Nachbarn nach seinen Bewegungen die Stunde so genau bestimmen konnten, wie nach einer Sonnenuhr. Er sprach freilich selten, rauchte aber unaufhörlich seine Pfeife. Seine Anhänger aber – und jeder große Mann hat ja seine Anhänger – verstanden ihn vollkommen und wußten seine Meinung zu erraten. Wenn irgend etwas ihm Mißfälliges gelesen oder berichtet wurde, sah man ihn heftig rauchen, und kurze, häufige und zornige Rauchwolken ausstoßen; aber wenn er zufrieden war, zog er den Rauch langsam und ruhig ein, blies ihn in leichten stillen Wolken aus, und indem er dann zuweilen die Pfeife aus dem Munde nahm und sich den wohlriechenden Dampf um seine Nase kräuseln ließ, nickte er ernsthaft, zum Zeichen vollkommener Zustimmung.

Auch aus dieser Feste aber wurde der unglückliche Rip schließlich durch seine zänkische Frau getrieben, welche zuweilen plötzlich die ruhige Versammlung störte, alle Teilnehmer tüchtig ausschalt, und selbst der erhabene Alte, Nicholas Vedder, war nicht gesichert gegen die verwegene Zunge des zänkischen Weibes, und wurde geradezu beschuldigt, daß er den armen Rip in seinen trägen Gewohnheiten bestärkte.

Rip war endlich fast der Verzweiflung nahe, und um der Hausarbeit und dem Gezänke seiner Frau zu entfliehen, blieb ihm nichts übrig, als die Flinte in die Hand zu nehmen und in den Wald zu gehen. Hier setzte er sich dann zuweilen unter einen Baum und teilte den Inhalt seines Quersacks mit Wolf, welchen er als seinen Leidgenossen in der Verfolgung ansah. „Armer Wolf", sprach er dann wohl; „bei deiner Herrin hast du ein wahres Hundeleben, aber mach dir nichts draus, Kamerad, so lange ich lebe, soll's dir nicht an einem Freunde fehlen, der dir beisteht." Wolf wedelte mit dem Schwanze, sah seinem Herrn ernsthaft ins

Gesicht, und wenn Hunde Mitleid fühlen können, erwiderte er, glaube ich wahrlich das ausgesprochene Gefühl von ganzem Herzen.

Auf einer solchen langen Wanderung, an einem schönen Herbsttage, war Rip unmerklich auf einen der höchsten Gipfel der Kaatskill-Berge gekommen. Er unterhielt sich mit seinem Lieblingsvergnügen, der Jagd auf Eichhörnchen, und der Wiederhall hatte den Knall seiner Flinte in der stillen Einsamkeit immer und immer vervielfältigt. Keuchend vor Ermüdung warf er sich spät am Tage auf einen mit Berggras bewachsenen Hang am Rande eines steil abstürzenden Gipfels. Er überblickte durch eine Öffnung zwischen den Bäumen, auf viele Meilen weit, ein üppiges Waldland. In der Ferne, tief unten, sah er den herrlichen Hudson in stillem, aber stolzen Laufe hinab ziehen, vom Wiederschein einer purpurnen Wolke glänzend, oder hier und da über dem Spiegel einer Bucht das Segel eines zögernden Fahrzeuges, bis sich der Strom schließlich in den blauen Gebirgen verlor.

Auf der anderen Seite öffnete sich vor seinen Blicken ein tiefes, wildes, einsames Tal, dessen Boden mit den Bruchstücken herabhängender Klippen bedeckt, und kaum von den Strahlen der untergehenden Sonne beleuchtet war. Rip war eine Zeitlang in den Anblick verloren. Der Abend brach allmählich an; die Berge warfen ihren langen blauen Schatten über die Täler; er sah, daß er nicht eher, als lange nach Anbruch der Nacht, das Dorf erreichen konnte, und ein schwerer Seufzer hob seine Brust, bei dem Gedanken, sich den Tiraden seiner Frau unter zu stellen.

Als er hinabstieg, hörte er aus der Ferne eine Stimme, die ihm zurief: „Rip Van Winkle! Rip Van Winkle!" Er sah sich um, konnte aber nichts erblicken, als eine Krähe, die einsam über das Gebirge flatterte. In der Meinung, seine Einbildung hätte ihn getäuscht, wollte er wieder hinabsteigen, als durch die stille Abendluft derselbe Ruf schallte: „Rip Van Winkle! Rip Van Winkle!" Es sträubten sich die Haare auf dem Rücken seines Hundes, der ein leises Knurren äußerte, sich an die Seite seines Herrn schmiegte, und furchtsam ins Tal hinab blickte. Rip ward nun von einer unbestimmten Furcht beschlichen; er blickte unruhig in dies selbe Gegend, und sah eine seltsame Gestalt, die langsam den Felsen erklomm, und eine schwere Last auf dem Rücken trug. Es überraschte ihn, ein menschliches Wesen in dieser einsamen und menschenleeren Gegend zu erblicken, aber in der Voraussetzung, einen hilfsbedürftigen Menschen aus der Nachbarschaft zu sehen, eilte er hinab, um Beistand zu leisten.

Als er näher kam, überraschte ihn noch mehr die Gestalt des Unbekannten. Er sah einen kleinen vierschrötigen Kerl, mit dickem struppigen Haare und einem angegrauten Barte. Sein Anzug war nach der alten holländischen Sitte; ein Tuchwams, das eng um die Hüften ging; mehrere Beinkleider, wovon die oberen sehr weit, und mit Reihen von Knöpfen auf beiden Seiten und an den Knien mit Bauschen besetzt waren. Auf der Schulter trug er ein starkes Fäßchen, das ein Getränk zu enthalten schien, und er forderte Rip durch Zeichen auf, näher zu kommen und ihm die Last tragen zu helfen. Rip war freilich ein wenig scheu und mißtrauisch gegen seinen neuen Bekannten, aber doch mit seiner gewöhnlichen Freudigkeit bereitwillig, und sich gegenseitig unterstützend, kletterten sie in einer engen Schlucht hinauf, die das ausgetrocknete Bett eines Bergstromes zu sein schien. Als sie hinan stiegen, hörte Rip zuweilen ein lang gedehntes Getöse, einem entfernten Donner ähnlich, das aus einer tiefen Schlucht oder Felsenspalte zu kommen schien, zu welcher der rauhe Pfad führte. Er blieb einen Augenblick stehen, ging aber bald wieder voran, da er den dumpfen Ton des vorübergehenden Donners zu hören glaubte, den man oft auf Berghöhen vernimmt. Sie kamen durch die Schlucht in ein enges Tal, das von senkrechten Felsen umschlossen war, auf deren Gipfeln

Bäume emporwuchsen, die durch ihre überhängenden Äste den blauen Himmel und die glänzende Abendwolke fast ganz verdeckten. Während dieser ganzen Zeit hatten Rip und sein Gefährte sich schweigend abgemüht, und so wenig jener begreifen konnte, zu welchem Zwecke ein Fäßchen mit Getränk auf das wilde Gebirge hinaufgetragen werden sollte, war doch etwas Seltsames und Unbegreifliches in dem Unbekannten, das Furcht einflößte und Vertraulichkeit hemmte.

Als sie das Felsental betraten, zeigten sich neue Gegenstände des Erstaunens. Auf einem ebenen Platze in der Mitte war eine Gesellschaft seltsam aussehender Leute beim Kegelspiel versammelt. Sie hatten eine wunderliche ausländische Tracht; einige trugen kurze Westen, andere Wämser, lange Messer im Gürtel, und die meisten hatten ungeheure Beinkleider, wie der Führer. Auch ihre Gesichter waren seltsam; der eine hatte einen großen Kopf, ein breites Gesicht und kleine Ferkelaugen; das Gesicht eines anderen schien aus nichts als einer Nase zu bestehen und war mit einem spitzen weißen Hut bedeckt, worauf eine kleine rote Hahnen-Schwanzfeder stand. Alle hatten Bärte, verschieden in Form und Farbe. Einer unter ihnen schien der Oberherr zu sein; ein rüstiger alter Herr, mit einem wettergegerbtem Angesicht, der ein Wams mit Tressen, einen breiten Gürtel mit einem Hirschfänger, einen hohen Hut mit einer Feder, rote Strümpfe, Schuhe mit hohen Absätzen und Rüschen trug. Die ganze Gruppe erinnerte Rip an die Gestalten auf einem alten flämischen Gemälde im Salon des Dorfpfarrers Dominic Van Schaick, das zur Zeit der ersten Ansiedlung aus Holland gekommen war. Nichts kam unserem Rip seltsamer vor, als daß diese Leute, die sich scheinbar Vergnügen machten, und dabei doch die ernsthaftesten Gesichter behielten, das geheimnisvollste Schweigen wahrten, und überhaupt die trübseligsten Gesellen waren, die er je gesehen hatte. Die Stille wurde nur durch das Geräusch der Kugeln gestört, deren Rollen wie Donnergetöse von den Bergen wiederhallte.

Als Rip und sein Gefährte hinzutraten, ließen sie plötzlich von ihrem Spiel ab, und stierten ihn mit einem so bildsäulenähnlichen Starrblicke, und so seltsamen, glanzlosen Gesichtern an, daß sein Herz sich umwendete, und seine Knie schlotterten. Sein Gefährte goß nun den Inhalt des Fäßchens in große Krüge, und gab ihm ein Zeichen, die

Gesellschaft zu bedienen. Er gehorchte mit Furcht und Zittern. Sie stürzten den Trank schweigend hinab, und gingen dann zu ihrem Spiel zurück.

Rip's Furcht und Besorgnisse schwanden nach und nach. Er wagte es sogar, als eben kein Auge auf ihn geheftet war, den Trank zu kosten, der viel von dem Geschmack eines trefflichen Wachholderbranntweins hatte. Er war von Natur ein durstiges Wesen, und kam bald in Versuchung, noch einen Schluck zu tun. Eine Probe reizte zur andern, und

Rip sprach der Flasche so oft zu, daß er endlich seine Besinnung verlor; seine Augen schwammen, sein Kopf sank immer mehr herab, und er fiel in einen tiefen Schlaf.

Beim Erwachen fand er sich auf der grünen Anhöhe, wo er zuerst den alten Mann aus dem Tal gesehen hatte. Er rieb seine Augen; es war ein heller, sonniger Morgen. Die Vögel hüpften und zwitscherten in den Büschen, und der Adler schwang sich empor, dem frischen Bergwind entgegen. „Ich habe doch gewiß nicht die ganze Nacht hier geschlafen", dachte Rip. Er rief sich zurück, was ihm begegnet war, ehe der Schlaf ihn überwältigt hatte. Der seltsame Mann mit dem Branntweinfäßchen – die Bergschlucht – das wilde Felsental – die schwermütige Gesellschaft beim Kegelspiel – die Flasche – „O die Flasche! die unselige Flasche!", dachte Rip. „Wie soll ich das nur meiner Frau erklären!"

Er sah sich nach seinem Gewehr um, aber statt der sauberen, wohl eingeölten Jagdflinte, lag neben ihm ein altes

Ding, woran der Lauf mit Rost bedeckt, das Schloß locker und der Ladestock wurmstichig war. Er argwohnte nun, die ernsthaften Prahlhänse im Felsentale hätten ihm einen Schalkstreich gespielt, und ihm, als sie ihn mit Branntwein berauscht hatten, seine Flinte genommen. Auch Wolf war nirgends zu sehen, aber er konnte sich ja auch auf der Jagd hinter einem Eichhörnchen oder Rebhuhn verirrt haben. Rip pfiff und rief den Namen des Hundes, aber alles vergebens, der Wiederhall gab Pfeifen und Ruf zurück, der Hund war jedoch nicht zu finden.

Rip wollte den Schauplatz des lustigen Streiches vom vorigen Abend noch einmal besuchen, und wenn er jemand von der Gesellschaft fände, Hund und Flinte zurück fordern. Als er aufstand, sich in Bewegung zu setzen, fand er seine Gelenke versteift und er ermangelte seiner gewöhnlichen Behendigkeit, „Ein solches Lager auf den Bergen paßt nicht für mich", dachte Rip, „und wenn ich von diesem Spaß einen Anfall vom Reißen kriege und zu Hause liegen muß, dann wird's mir schön mit meiner Frau ergehen."

Nicht ohne Mühe kam er ins Tal hinab. Er fand die Schlucht, welche er am vorigen Abend mit seinem Gefährten hinauf gewandert war; aber zu seinem Erstaunen, stürzte nun ein schäumender Bergstrom von Felsen zu Felsen, und füllte das Tal mit seinem geschwätzigen Gemurmel. Er kletterte jedoch schnell den Abhang hinan, bahnte sich mühsam den Weg durch Dickichte von Birken, Sassafras und Zauberstrauch[11] und fand sich zuweilen von wilden Weinreben umstrickt, die ihre Ranken von Baum zu Baum ausbreiteten und gleichsam ein Netz über seinen Pfad zogen.

---

[11] Hamamelis.

Endlich kam er zu der Stelle, wo sich die Schlucht in die Wände des Felsentales geöffnet hatte, aber es war keine Spur einer solchen Öffnung zu sehen. Die Felsen zeigten eine hohe undurchdringliche Wand, über welche sich ein schäumender Strom hinabstürzte und in ein tiefes Becken fiel, das die Schatten des umliegenden Waldes verdunkelten. Hier mußte der arme Rip stehenbleiben. Er rief und pfiff noch einmal nach seinem Hund, aber es antwortete ihm nur das Krächzen einer Schar müßiger Krähen, die hoch in der Luft um einen, über sonnigem Absturze hängenden dürren Baum flogen, und sicher in ihrer Höhe, auf die Verlegenheit des armen Mannes spottend herabzublicken schienen. Was war zu tun? Der Morgen ging vorüber und Rip lechzte hungrig nach seinem Frühstück. Ungern wollte er Hund und Flinte aufgeben; er fürchtete sich, seiner Frau unter die Augen zu treten, aber im Gebirge umkommen wollte er auch nicht. Er schüttelte den Kopf, schulterte sein rostiges Gewehr, und ging mit einem von Unruhe und Angst erfüllten Herzen heimwärts.

Als er sich dem Dorf näherte, sah er viele Leute, wovon er jedoch niemand kannte, was ihn ziemlich überraschte, da er jedermann in der Umgegend zu kennen geglaubt hatte. Auch ihre Kleidung unterschied sich von der Tracht, die er gewohnt war. Alle sahen ihn ebenso verwundert an, und so oft sie ihre Blicke auf ihn warfen, strichen sie über ihr Kinn. Die stete Wiederkehr dieser Gebärde verleitete unsern Rip, es ebenso zu machen, und zu seinem Erstaunen fand er, daß sein Bart einen Fuß lang geworden war!

Er trat nun in den Bezirk des Dorfes. Ein Schwarm fremder Kinder lief ihm nach, schrie hinter ihm her und zeigte auf seinen grauen Bart. Selbst die Hunde, unter welchen er keinen alten Bekannten fand, bellten ihn an, als er vorüberging. Das Dorf war ganz anders, größer und volkreicher. Er sah Reihen von Häusern, die er nie vorher gesehen hatte, und diejenigen, die er früher so gern besucht hatte, waren verschwunden. Über den Türen standen fremde Namen, fremde Gesichter waren an den Fenstern, alles war fremd. Es ward ihm nun bange, und er fing an zu zweifeln, ob nicht er und alles um ihn herum behext wäre. Dies war ja gewiß sein heimatliches Dorf, das er erst am vorigen Tage verlassen hatte. Hier erhoben sich die Kaatskill- Berge, dort floß der silberne Hudson, und jeder Hügel, jedes Tal zeigte sich, wie es immer gewesen war. Rip war ganz bestürzt. „Die Flasche von gestern Abend hat meinen armen Kopf gänzlich ausgeleert", dachte er.

Nicht ohne Mühe fand er den Weg zu seinem Hause, dem er sich mit schweigender Furcht näherte, jeden Augenblick erwartend, die gellende Stimme seiner Frau zu hören. Das Haus war baufällig, das Dach eingefallen, jedes Fenster zerbrochen und keine Türe hing in ihren Angeln. Ein halb verhungerter Hund, der wie Wolf aussah, schlich in der Nähe umher. Rip rief ihn bei seinem Namen; aber das Tier knurrte, wies die Zähne und ging vorüber. Das war doch in der Tat unfreundlich. „Auch mein Hund hat mich vergessen!", seufzte der arme Rip.

Er trat in das Haus, das seine Frau, wie nicht zu leugnen ist, stets in reinlicher Ordnung gehalten hatte. Es war leer, einsam und dem Anschein nach verlassen. Diese Verödung brachte alle seine ehelichen Besorgnisse zum Schweigen; er rief laut nach Frau und Kindern; aber die leeren Gemächer gaben nur das Echo seiner Stimme wieder, und alles war wieder still.

Er eilte nun fort und ging schnell zu seiner alten Zuflucht, der Dorfschenke, aber auch diese war verschwunden. Ein großes, nicht allzu hohes hölzernes Gebäude stand hier, mit weiten Fenstern, von denen einige zerbrochen und mit alten Hüten und Unterröcken geflickt und ausgestopft waren, und über der Türe die Worte: „Das Union-Hotel von Jonathan Doolittle." Statt des großen Baumes, der einst die stille kleine holländische Schenke geschirmt hatte, sah er nun eine lange kahle Stange, auf deren Spitze sich etwas zeigte, das wie eine rote Nachtmütze aussah, und eine Flagge wehte daran, worauf eine sonderbare Vereinigung von Sternen und Streifen zu sehen war. Alles dies war seltsam und unbegreiflich. Rip erkannte jedoch das Schild, das rote Gesicht König Georges, worunter er so oft ruhig seine Pfeife geraucht hatte; aber selbst dies war sonderbar umgewandelt. Statt des roten Rockes sah er einen blauen, statt des Herrscherstabes ein Schwert in der Hand, den Kopf schmückte ein dreieckiger Hut und darunter stand in großen Buchstaben: „General Washington."

Es war, wie gewöhnlich, ein Schwarm von Menschen vor der Türe, aber niemand, den Rip gekannt hätte. Selbst die Gemütsart der Menschen schien sich verändert zu haben. Man bemerkte ein geschäftiges, lärmendes, streitsüchtiges Wesen unter ihnen, statt der sonst gewöhnlichen Trägheit und schläfrigen Ruhe. Vergebens suchte Rip den weisen Nicholas Vedder mit dem breiten Gesichte, dem Doppelkinn und der hübschen langen Tabakspfeife, der Rauchwolken statt müßiger Reden aus dem Munde stieß; vergebens den Schulmeister Van Bummel, der den Inhalt einer alten Zeitung zum Besten gab. Er sah dagegen einen hageren, gallsüchtigen Burschen mit einer Tasche voll Papiergeld, der heftig über die Rechte der Bürger – über Volksvertreterwahlen – Mitglieder des Kongresses – Freiheit – Bunker's-Hill[12] – die Helden von Sechsundsiebzig[13] sprach, und andere Wörter hören ließ, die dem verblüfften Rip babylonisch klangen.

Der Anblick des armen Rip, mit dem langen grauen Barte, der rostigen Jagdflinte, der seltsamen Tracht, und eines Schwarmes von Weibern und Kindern, der ihm auf den Fersen folgte, zog bald die Aufmerksamkeit der Staatsmänner in der Schenke an. Alle drängten sich um ihn, und betrachteten ihn sehr neugierig vom Kopf bis zu den Füßen. Der Sprecher kam eilig zu ihm, und ihn ein wenig seitwärts führend, fragte er ihn, für welche Seite er stimmte. Rip starrte ihn mit gedankenlosem Staunen an. Ein anderes kurzes, aber munteres Männchen zog ihn am Ärmel, und auf die Zehen tretend, raunte er ihm ins Ohr, ob er ein Föderalist oder ein Demokrat wäre. Rip wußte auch nicht, was diese Frage bedeuten sollte. Ein kundig und dünkelvoll aussehender alter Herr mit einem spitzen dreieckigen Hute machte sich nun mit Ellbogenstößen Platz durch das Gedränge, und den einen Arm in die Seite stemmend, den andern auf seinen Stock stützend, trat er vor ihn, und mit seinen scharfen Augen und seinem spitzen Hut gleichsam des Mannes Seele durchbohrend, fragte er mit strengem Tone: „Wie kommt Ihr dazu, mit einem Gewehr auf der Schulter und einem Pöbelschwarm hinter Euch bei der Wahlversammlung zu erscheinen; wollt Ihr denn einen Aufstand im Dorfe erregen?"

„Ach, lieber Herr!", rief Rip, ein wenig erschrocken; „ich bin ein armer ruhiger Mann, hier aus dem Orte gebürtig, und ein treuer Untertan des Königs, Gott segne ihn!"

---

[12] Anspielung auf ein Gefecht zwischen den Amerikanern und Engländern 1775.
[13] Aufhebung der den Amerikanern aufgelegten Stempeltaxe, der jene den Gehorsam verweigert hatten.

Die Umstehenden brachen nun in das allgemeine Geschrei aus: „Ein Königstreuer! Ein Kundschafter! Ein Flüchtling! Fort – fort mit ihm!"

Nicht ohne große Mühe gelang es dem wichtigtuenden Manne mit dem dreieckigen Hute, die Ordnung herzustellen, und mit einem noch zehnmal ernsteren Gesichte fragte er den unbekannten Strafbaren, warum er hergekommen wäre, und was er suchte. Der arme Mann beteuerte demütig, er wollte niemanden etwas zuleide tun, sondern nur einige Nachbarn aufsuchen, die sich gewöhnlich vor der Schenke versammelten.

„Wohlan, wie heißen sie? Sagt ihren Namen!"

Rip besann sich einen Augenblick und fragte: „Wo ist Nicholas Vedder?"

Alles schwieg eine Weile, bis endlich ein alter Mann mit einer dünnen pfeifenden Stimme erwiderte: „Nun, der ist seit achtzehn Jahren tot. Es war ein hölzernes Denkmal auf seinem Grabe auf dem Kirchhofe, das alles von ihm berichtete, aber es ist nun auch verfault und fort."

„Wo ist Brom Dutcher?"

„Oh, er ist zu Beginn des Krieges zur Armee gegangen; einige sagen, er sei bei dem Sturm auf Stoney-Point getötet worden, andere sagen, er sei in einem Gewitter am Fuße von Antony's Nose ertrunken. Ich weiß es nicht – er kam nie wieder zurück."

„Wo ist Van Bummel, der Schulmeister?"

„Er ging in den Krieg, war ein großer General und ist nun beim Kongreß."

Rip's Mut sank, als er von diesen Veränderungen in seiner Heimat und unter seinen Freunden hörte, und sich so allein in der Welt fand. Jede Antwort setzte ihn in Bestürzung, als er von einem so langen Zeitverlauf, und von Dingen hörte, wovon er nichts verstand; er wagte es nicht, nach anderen Freunden zu fragen, und rief untröstlich aus: „Kennt denn niemand hier Rip Van Winkle?"

„O, Rip Van Winkle!", riefen einige. „O freilich – da steht Rip Van Winkle am Baum."

Rip sah sich um, und erblickte ein Ebenbild seiner Gestalt, wie er gewesen war, als er ins Gebirge ging, dem Anschein nach ebenso träge und gewiß ebenso zerlumpt. Er zweifelte, ob er noch derselbe Mensch, oder ein anderer wäre. In dieser Bestürzung wurde er von dem Mann mit dem dreieckigen Hut nach seinem Namen gefragt.

„Gott weiß es!", rief er verlegen. „Ich bin nicht mehr ich selber, ich bin sonst jemand. Der da hinten, das bin ich – nein, es ist jemand in meinen Schuhen. Ich war ich selber gestern Abend, aber ich fiel im Gebirge in Schlaf, und man hat meine Flinte vertauscht, und alles ist verändert, und ich bin verändert, und ich weiß nicht zu sagen, wie ich heiße, und wer ich bin."

Die Umstehenden sahen sich an, nickten, und winkten sich bedeutsam zu und legten den Finger an die Stirne. Man flüsterte sich zu, man müßte sich der Flinte bemächtigen und den alten Mann davon abhalten, Unheil zu stiften. Der wichtigtuende Mann entfernte sich schnell, als diese Bemerkungen gemacht wurden.

In diesem entscheidenden Augenblick drängte sich ein munteres, liebreizendes Weib durch das Gewühl, um den alten bärtigen Mann zu sehen. Sie hatte einen pausbackigen Jungen auf dem Arm, der beim Anblicke des Alten zu schreien anfing.

„Still, Rip!", sprach sie: „Still doch, du kleiner Narr! Der alte Mann tut dir ja nichts."

Der Name des Kindes, die Züge der Mutter, der Ton ihrer Stimme, alles rief Erinnerungen in seiner Seele auf.

„Wie heißt Ihr, liebe Frau?", hob er an.

„Judith Gardenier", war die Antwort.

„Und Euer Vater hieß?"

„Ach, der arme Mann nannte sich Rip Van Winkle. Vor zwanzig Jahren ging er mit seiner Flinte fort, und hat seitdem nichts von sich hören lassen. Sein Hund kam ohne ihn zurück, aber ob er sich erschossen hat, oder ob die Wilden ihn weggeführt haben, weiß niemand zu sagen. Ich war zu jener Zeit noch ein kleines Mädchen."

Rip hatte nur noch eine Frage, aber er tat sie mit zitternder Stimme: „Wo ist Eure Mutter?"

„Oh, auch sie ist seitdem gestorben. Es sprang ein Blutgefäß bei ihr, als sie sich gegen einen Landkrämer erzürnte."

Diese Nachricht hatte wenigstens etwas Tröstliches. Der gute Mann konnte sich nicht länger halten. Er schloß seine Tochter und ihr Kind in die Arme. „Ich bin dein Vater", sprach er. „Einst der junge Rip Van Winkle – jetzt der alte. Kennt denn niemand Rip Van Winkle?"

Alle waren erstaunt, bis eine alte Frau, die aus dem Gedränge trat, ihre Hand an die Stirne legte, und als sie unter diesem Schirme ihn einen Augenblick angesehen hatte, ausrief: „Ja wahrlich, es ist Rip Van Winkle! Er ist es selber. Willkommen, alter Nachbar! Nun, wo seid Ihr denn diese langen zwanzig Jahre gewesen?"

Rip hatte seine Geschichte bald erzählt, denn die ganzen zwanzig Jahre waren für ihn nur eine Nacht gewesen. Die Landleute verrieten ihr Erstaunen; einige winkten einander zu und flüsterten; der wichtigtuende Mann mit dem spitzen Hute aber, welcher, als der Lärm sich gelegt hatte, zurückgekehrt war, zog die Mundwinkel herab, und schüttelte den Kopf, worauf in der ganzen Versammlung ein allgemeines Kopfschütteln erfolgte.

Man faßte jedoch den Entschluß, die Meinung des alten Peter Vanderdonk zu hören, der eben mit langsamen Schritten herankam. Er war der älteste Bewohner des Dorfes und wohlbewandert in allen Wundersagen und Überlieferungen der Umgegend. Er erinnerte sich alsbald des alten Rip, und bestätigte dessen Erzählung auf eine völlig befriedigende Weise. Nach seiner Versicherung war es eine ausgemachte Tatsache, daß die Kaatskill-Gebirge immer von seltsamen gespenstischen Wesen bewohnt gewesen waren. Der große Hendrick Hudson, der erste Entdecker des Stromes und des Landes, hielt dort, nach der Sage, mit seiner Schiffmannschaft vom Halbmond alle zwanzig Jahre eine Art von Nachtwache, da es ihm vergönnt wäre, auf diese Weise den Schauplatz seiner Unternehmung wieder zu besuchen, und den Fluß samt der nach ihm genannten Stadt mit einem wachsamen Auge zu betrachten. Sein Vater, setzte Peter hinzu, hätte sie einst in ihrer altholländischen Tracht beim Kegelspiel in einem Tale im Gebirge gesehen, und er selber an einem Sommernachmittage das Rollen ihrer Kugeln, wie entfernte Donnerschläge, vernommen.

Um eine lange Geschichte abzukürzen, setzen wir hinzu, daß die Gesellschaft aufbrach und zu den wichtigeren Angelegenheiten der Wahlversammlung zurückkehrte. Rip ward von seiner Tochter mitgenommen. Sie hatte ein wohnliches, wohlversehenes Haus, und ihr Mann war ein rüstiger munterer Bauer, in welchem Rip einen der Buben wieder erkannte, die auf seinen Rücken zu klettern pflegten. Rip's Sohn und Erbe, sein Ebenbild, wie man gut erkennen konnte, als er sich an einen Baum gelehnt hatte, wurde zum Anbau seines Gutes gebraucht, verriet aber eine erbliche Neigung, eher alles andere, als sein Geschäft zu verrichten.

Rip kehrte nun wieder zu seinen alten Gängen und Gewohnheiten zurück. Er fand bald viele seiner ehemaligen Gesellen, die aber alle durch den Einfluß der Zeit zu ihrem Nachteile umgewandelt worden waren, und er suchte lieber Freunde unter dem aufwachsenden Geschlechte, dessen Gunst er bald in hohem Grade erwarb.

Unbeschäftigt zu Hause, und in dem glücklichen Alter, wo man nichts ungestraft tun kann, nahm er wieder seinen Platz auf der Bank vor der Wirtshaustüre ein, und ward geehrt als einer der Dorfältesten und als eine Chronik der alten Zeiten vor dem Kriege. Es dauerte einige Zeit, ehe er in den Zug der Klatscherei kommen, oder die sonderbaren Ereignisse begreifen konnte, die während seiner Betäubung vorgefallen waren, wie aus der Staatsumwälzung ein Krieg hervorgegangen war, wie das Land das Joch von Alt-England abgeworfen hatte, und wie er nun nicht mehr ein Untertan Georges des Dritten, sondern ein freier Bürger der Vereinigten Staaten war. Rip war in der Tat kein Staatsmann; die Veränderungen der Staaten und Reiche machten nur wenig Eindruck auf ihn; aber es gab eine Art von Gewaltherrschaft, unter welcher er lange geseufzt hatte – die der Unterröcke. Damit war es nun glücklicherweise zu Ende; er hatte seinen Hals aus dem Ehejoch gezogen, und konnte heimkommen und ausgehen, wie es ihm gefiel, ohne die Eigenmacht seiner Frau zu fühlen. So oft jedoch ihr Name genannt wurde, schüttelte er den Kopf, zuckte die Achseln und blickte aufwärts, was entweder ein Ausdruck von Ergebung in sein Schicksal, oder von Freude über seine Erlösung war.

Er erzählte seine Geschichte gewöhnlich jedem Fremden, der in Doolittle's Schenke ankam. Man bemerkte anfangs, daß er bei jeder Wiederholung in einigen Punkten abwich, was ohne Zweifel aus dem Umstande erklärt werden mußte, daß er erst kurz zuvor erwacht war. Endlich aber gestaltete sich die Erzählung, wie ich sie mitgeteilt habe, und jedermann in der Umgegend, Alt und Jung, wußte sie auswendig. Einige wollten immer an der Wahrheit zweifeln, und behaupteten, Rip hätte an Geisteszerrüttung gelitten, und dies wäre ein Punkt, worüber er immer irrsinnig bliebe. Die alten holländischen Einwohner aber schenkten ihm fast ohne Ausnahme vollen Glauben. So oft sie noch heutiges Tages an einem Sommernachmittage ein Gewitter im Kaatskill-Gebirge hören, sagen sie immer, Hendrick Hudson und seine Mannschaft wäre beim Kegelspiel, und alle von der Pantoffelgewalt gebeugten Ehemänner in der Umgegend, wenn das Leben ihnen drückend wird, wünschen gewöhnlich, einen beruhigenden Zug aus Rip Van Winkle's Krug tun zu können.

DER GESPENSTERBRÄUTIGAM.

Er, für den das Essen angemacht.
Er liegt ganz kalt, mich deucht, heut' Nacht!
Gestern hab' ich zu seiner Kammer ihn geleitet,
Grauer Stahl hat ihm heut' Nacht sein Bett bereitet.
SIR EGER, SIR GRAHAME, AND SIR GRAY-STEEL.

AUF einer Höhe des Odenwaldes, jenem reizenden Landstriche Oberdeutschlandes, stand vor vielen, vielen Jahren die Burg des Freiherrn von Landshort. Es ist jetzt gänzlich verfallen, und fast begraben unter Buchen und dunklen Fichten, über welchen jedoch der alte Wachturm noch immer, wie sein ehemaliger Besitzer, das Haupt hoch zu tragen und auf das umliegende Land herabzusehen sucht.

Der Freiherr war ein vertrockneter Zweig des ansehn-
lichen Geschlechts Katzenellenbogen, und hatte den Über-
rest des Besitztums und den ganzen Stolz seiner Altvor-
deren geerbt. Die kriegerischen Neigungen seiner Vorfah-
ren hatten zwar das Erbe seines Hauses sehr geschmälert,
aber der Freiherr bemühte sich, noch immer etwas von dem
alten Prunk zu zeigen. Es waren friedliche Zeiten, und die
meisten deutschen Edlen hatten ihre unbequemen alten
Schlösser, welche wie Adlerhorste auf den Gebirgen ruhten,
verlassen, und gemächlichere Wohnungen in den Tälern
gebaut. Der Freiherr blieb jedoch stolz in seiner kleinen
Festung, und da er mit erblicher Erbitterung alle alten
Zwiste seines Geschlechtes nährte, so war er in Unfrieden
mit einigen seiner nächsten Nachbarn, wegen Streitigkeiten, die zwischen ihren Urgroßvätern vorgefallen waren.

Der Freiherr hatte nur ein Kind, eine Tochter; die Natur
aber macht, wenn sie nur ein Kind schenkt, zum Ausgleich
stets ein Wunder daraus, und so war es auch bei des Freiherrn Tochter. Alle Ammen, Gevatterinnen und Muhmen
gaben dem Vater die Versicherung, sie hätte Ihresgleichen
an Schönheit nicht in ganz Deutschland, und niemand
wußte dies ja besser. Sie war mit großer Sorgfalt unter der
Aufsicht zweier jungfräulichen Tanten aufgewachsen, welche einige Jahre ihres Jugendlebens an einem kleinen deutschen Hofe zugebracht hatten, und in allen zur Erziehung
eines artigen Fräuleins nötigen Kenntnissen wohlbewandert
waren. Unter dieser Leitung wurde das Fräulein zu einem
Wunder von Vollkommenheiten. In ihrem achtzehnten
Jahre konnte sie herrlich sticken, und hatte ganze Heili-
gengeschichten in Teppiche gearbeitet, worin die Köpfe
einen so kräftigen Ausdruck hatten, daß sie aussahen, wie
lauter Seelen im Fegefeuer. Sie konnte ohne große Schwierigkeiten lesen, und hatte sich durch mehrere Heiligenge-
schichten und fast alle ritterlichen Wunder des Heldenbu-

ches hindurch buchstabiert. Selbst im Schreiben war sie ziemlich weit gekommen, und konnte ihren Namen schreiben, ohne einen Buchstaben auszulassen, und so leserlich, daß ihre Tanten ihn ohne Brille lesen konnten. Sie machte vortrefflich allerlei weibliche Tändeleien, verstand sich auf die schwersten Tänze, spielte viele Lieder auf der Harfe und Gitarre, und wußte alle zärtlichen Lieder der Minnesinger auswendig.

Ihre Tanten, die in der Jugend lose Mädchen gewesen waren und viel getändelt hatten, paßten ganz trefflich zu wachsamen Aufseherinnen und strengen Tadlerinnen des Betragens ihrer Nichte; denn es gibt ja keine so streng-züchtige und unerbittlich anständige Wächterin, als eine verlebte Gefallsüchtige. Man ließ sie selten aus den Augen; sie ging nie über den Bezirk des Burggebietes hinaus, als wenn sie wohl begleitet, oder vielmehr bewacht war; sie mußte immer Vorlesungen über strenge Sitte und unbedingten Gehorsam hören, und die Männer – pah! die sollte sie in so weiter Entfernung halten und mit so mißtrauischen Blicken betrachten, daß sie, wenn man ihr nicht gehörig Erlaubnis dazu gegeben hätte, auch nicht auf den schönsten Mann, und wäre er zu ihren Füßen gestorben, einen Blick geworfen haben würde.

Die guten Wirkungen dieser Einrichtung waren zum Verwundern auffallend. Das Fräulein war ein Muster von Gelehrigkeit und Sittlichkeit. Während andere ihre Frische im Glanze der Welt verschwendeten, und in Gefahr standen, von jeder Hand gepflückt und weggeworfen zu werden, erblühte sie schüchtern zu frischer und holder Jungfräulichkeit unter dem Schutze jener makellosen Unvermählten, wie sich eine Rosenknospe unter schützenden Dornen entfaltet. Ihre Tanten blickten mit Stolz und Frohlocken auf sie, und sagten prahlend, wenn auch alle andern Fräulein auf Abwege gerieten, könnte doch, Gott sei Dank, dergleichen nicht der Erbin von Katzenellenbogen begegnen.

Wie kärglich aber auch der Freiherr von Landshort mit Kindern versehen war, so hatte er doch keineswegs ein kleines Hauswesen, da ihn die Vorsehung mit einer Menge armer Verwandten bedacht hatte. Alle ohne Unterschied besaßen jene freundliche Stimmung, die bei demütigen Verwandten gewöhnlich ist. Die guten Leute erinnerten sich, auf des Freiherrn Kosten, an alle häuslichen Feste, und wenn sie sich mit einer guten Mahlzeit gefüllt hatten, erklärten sie, es gäbe nichts Angenehmeres auf Erden, als diese Zusammenkünfte und diese Herzensjubelfeste.

Der Freiherr hatte, so klein er war, doch eine große Seele, welche sich bei dem Bewußtsein, der größte Mann in seiner kleinen Welt um ihn her zu sein, stolz erhob. Gern erzählte er lange Geschichten von den rauhen Kriegern der alten Zeit, deren Bildnisse mürrisch von der Wand herabblickten, und er fand keine Zuhörer, welche den Leuten geglichen hätten, die sich auf seine Kosten fütterten. Er war ein großer Freund des Wunderbaren, und glaubte fest an alle übernatürlichen Geschichten, wovon jeder Berg und jedes Tal in Deutschland voll sind. Seine Gäste waren sogar noch gläubiger als er, horchten auf jede Wundergeschichte mit offenem Mund und Auge, immer ihr Erstaunen verratend, und wenn sie die Erzählung auch schon hundertmal gehört hatten.

Zur Zeit, worein meine Geschichte fällt, waren viele Verwandte, wegen einer hochwichtigen Angelegenheit im Schlosse versammelt, und zwar um den Bräutigam des Fräuleins zu begrüßen. Der Freiherr hatte mit einem alten Edelmanne in Bayern die Absprache getroffen, ihre hohen Geschlechter durch eine Heirat ihrer Kinder zu verbinden. Die Einleitung war, wie sich gebührte, mit übertriebener Genauigkeit gemacht worden. Die jungen Leute wurden verlobt, ohne sich gesehen zu haben und die Zeit zur Vermählung war bestimmt. Man hatte den jungen Grafen von Altenburg vom Heere heimgerufen, und er war eben auf dem Weg zu seiner Braut. Es war bereits ein Brief von ihm aus Würzburg angekommen, wo er zufällig aufgehalten worden war, und Tag und Stunde seiner Ankunft waren festgesetzt.

Alles im Schlosse war in Bewegung, ihn gebührend willkommen zu heißen. Die schöne Braut war mit ungemeiner

Sorgfalt herausgeputzt worden. Die beiden Tanten hatten die Aufsicht beim Ankleiden geführt, und sich den ganzen Morgen über jedes Kleidungsstück gezankt. Das Fräulein war bei diesem Streit so glücklich, dem eigenen Geschmacke folgen zu können, der zum Glücke gut war. Sie erschien so liebenswürdig, als ein junger Bräutigam es nur wünschen konnte, und die Regungen der Erwartung erhöhten den Glanz ihrer Reize.

Die Glut, welche Gesicht und Hals überströmte, das sanfte Wallen ihres Busens, das zuweilen in Träumereien verlorene Auge, alles verriet die sanfte Unruhe in ihrem Herzen. Die Tanten schwebten immer um sie her, denn jungfräuliche Tanten pflegen an solchen Dingen gern großen Anteil zu nehmen. Sie gaben eine Menge von ernsthaften Ratschlägen, wie sich die Braut benehmen, was sie sagen, und wie sie den erwarteten Geliebten empfangen sollte.

Der Freiherr war nicht weniger geschäftig in seinen Vorbereitungen. Er hatte zwar in der Tat nicht eigentlich etwas zu tun, aber er war von Natur ein unruhiges, geschäftiges Männchen, und konnte nicht untätig bleiben, wenn alle Welt in großer Bewegung war. Mit der Miene ungemeiner Sorglichkeit quälte er sich, die Treppe hinauf und hinab zu steigen, rief seine Leute stetig von der Arbeit ab, um sie zur Emsigkeit zu ermahnen, und summte durch alle Gänge und Stuben, so untätig rastlos und so störend wie eine Brummfliege an einem warmen Sommertage.

Man hatte mittlerweile das gemästete Kalb geschlachtet, in den Wäldern hatte der Ruf der Jäger wiedergehallt, die Küche war mit guten Speisen angefüllt, die Keller hatten ganze Meere von Rheinwein ergossen und selbst das große Heidelberger Faß war in Anspruch genommen worden. Alles war bereit, den hohen Gast in der echten Weise deutscher Gastfreundschaft zu empfangen; aber der Gast ließ auf sich warten. Eine Stunde nach der andern verging. Die Sonne, die ihre scheidenden Strahlen auf die üppige Waldung des Odenwaldes geworfen hatte, umglänzte nun die Gipfel der Berge. Der Freiherr bestieg den höchsten Turm, und strengte seine Augen an, in der Hoffnung, den Grafen und dessen Gefolge in der Ferne zu erblicken. Einmal glaubte er sie zu sehen; ein Hörnerton kam aus dem Tale, vom Wiederhall vervielfältigt; ein Haufen von Reitern ritt langsam unten im Tale die Straße hinab, als sie aber beinahe den Fuß des Berges er reicht hatten, nahmen sie plötzlich eine andere Richtung. Der letzte Sonnenstrahl erlosch; die Fledermäuse flatterten schon in der Dämmerung, die Straße ward immer finsterer und nichts bewegte sich darauf, als zuweilen ein Bauer, der gemächlich von seinem Tagewerke heimkehrte.

Als man im Schlosse Landshort in solcher Verlegenheit war, begab sich in einer anderen Gegend des Odenwaldes ein merkwürdiges Ereignis.

Der junge Graf von Altenburg setzte seine Reise in jenem bedächtigen Trabe fort, worin ein Mann zur Hochzeit reitet, wenn Freunde ihm alle Beschwernis und Ungewißheit der Bewerbung abgenommen haben, und eine Braut so gewiß wie ein Mittagessen am Ende seiner Reise auf ihn wartet. Er hatte in Würzburg einen jungen Waffengefährten gefunden, mit welchem er an den Grenzen eine Zeitlang im Felde gewesen war, den jungen Hermann von Starkfaust, einen der rüstigsten und wackersten Ritter, der eben vom Heere zurückkam. Seines Vaters Schoß war nicht weit von der alten Burg Landshort entfernt, aber eine erbliche Fehde hatte beide Häuser verfeindet und entfremdet.

In dem warmherzigen Augenblick des Wiedersehens erzählten sich die jungen Freunde alle ihre Abenteuer und Schicksale, und der Graf gab die ganze Geschichte seiner bevorstehenden. Vermählung mit einem Edelfräulein, daß er nie gesehen, von dessen Reizen er aber die hinreißendsten Schilderungen erhalten hatte.

Der Weg der beiden Freunde lag in derselben Richtung. Sie verabredeten, den übrigen Teil der Reise miteinander zu machen, und um desto mehr Muße zu haben, brachen sie früh am Tage auf, da der Graf seinen Dienern Befehl gegeben hatte, ihm zu folgen und ihn einzuholen.

Sie kürzten sich den Weg durch Erinnerungen an die Ereignisse und Abenteuer ihres Kriegerlebens ab, aber dem Grafen begegnete es zuweilen, ein wenig langweilig zu werden, wenn er von den gerühmten Reizen seiner Braut, und von der Glückseligkeit sprach, die ihn erwartete.

So kamen sie in eine der einsamsten und waldigsten Gegenden des Odenwaldes. Die deutschen Wälder waren bekanntlich immer ebenso sehr von Räubern beunruhigt, wie die deutschen Schlösser von Gespenstern, und jene waren um diese Zeit, wo Schwärme verabschiedeter Kriegsleute das Land durchstreiften, besonders zahlreich. Kein Wunder daher, daß unsere Reiter im Dickicht des Waldes von einer Räuberhorde angefallen wurden. Sie wehrten sich tapfer, waren aber beinahe übermannt, als das Gefolge des Grafen zu ihrem Beistand herbeikam. Die Räuber flohen bei diesem Anblick, der Graf war jedoch bereits tödlich verwundet worden. Man brachte ihn langsam und behutsam nach Würzburg zurück und rief einen Mönch aus einem benachbarten Kloster herbei, der wegen seiner Geschicklichkeit, Leib und Seele zu bedienen, berühmt war; aber die Hälfte seiner Geschicklichkeit war überflüssig, und die Augenblicke des unglücklichen Grafen waren gezählt.

Der Sterbende bat seinen Freund, sich sogleich auf Burg Landshort zu begeben, und zu erzählen, wodurch ihm die Erfüllung seiner Zusage unmöglich geworden war. Er war zwar nicht der feurigste Liebhaber, doch der pünktlichste Mann, und an der schnellen und höflichen Ausrichtung seines Auftrages schien ihm viel zu liegen. „Geschieht es nicht", sprach er, „so werde ich nicht ruhig in meinem Grabe schlafen." Er wiederholte diese Worte mit besonderer Feierlichkeit. Eine Bitte, die unter so ergreifenden Umständen ausgesprochen wurde, ließ sich nicht abweisen. Starkfaust suchte ihn zu beruhigen, versprach ihm die Erfüllung jenes Wunsches und gab ihm die Hand zum Unterpfande der feierlichen Zusage. Der Sterbende drückte ihm dankbar die dargereichte Hand, fiel aber bald in Raserei, sprach von seiner Braut, seiner Verpflichtung, seinem gegebenen Worte, forderte sein Pferd, um auf die Burg Landshort zu reiten, und starb, als er im Irrsinn sich auf den Sattel zu schwingen glaubte.

Starkfaust weihte dem frühen Tode seines Waffengefährten einen Seufzer und eine Soldatenträne, und dachte dann an den wunderlichen Auftrag, den er übernommen hatte. Er war bekümmert und verlegen bei dem Gedanken, sich als ungebetener Gast unter feindlich gesinnten Menschen zu zeigen, deren fröhliche Stimmung er durch eine ihre Hoffnungen zerstörende Botschaft dämpfen sollte. Es regte sich aber leise in seiner Brust die Neugier, diese weit berühmte Schönheit von Katzenellenbogen zu sehen, die man so sorgsam vor den Augen der Welt verbarg; denn er war ein leidenschaftlicher Bewunderer der Schönen, und hatte in seinem Wesen einen Anflug von Schwärmerei und Unternehmungsinn, der ihn zu allen sonderbaren Abenteuern geneigt machte.

Vor seiner Abreise traf er mit den frommen Klosterbrüdern die nötigen Vorkehrungen zu dem feierlichen Begräbnisse seines Freundes, der in der Domkirche zu Würzburg neben einigen erlauchten Verwandten begraben werden sollte, und das trauernde Gefolge des Grafen übernahm die Besorgung der Leiche.

Es ist nun höchste Zeit, in die Burg, wo man ungeduldig auf den Gast und noch ungeduldiger auf das Mittagessen wartete, zurückzukehren, und nach dem würdigen kleinen Freiherrn zu sehen, den wir auf dem Wachturm verließen.

Die Nacht dämmerte, aber kein Gast erschien. Der Freiherr stieg untröstlich vom Turme. Das Gastmahl, womit man von Stunde zu Stunde gewartet hatte, konnte nicht länger aufgeschoben werden. Die Speisen waren bereits übergar, der Koch war in Todesangst, und alle Hausgenossen sahen aus wie eine verhungerte Besatzung. Der Freiherr mußte wider Willen Befehl geben, das Gastmahl ohne den Gast anzufangen. Alle saßen an der Tafel und wollten eben beginnen, als der Ton eines Hornes vor dem Burgtore einen Fremden ankündigte. Noch einmal wiederhallte der Ton in den alten Burgmauern und es antwortete darauf der Wächter von der Zinne. Der Freiherr eilte hinaus, den künftigen Schwiegersohn zu empfangen.

Man hatte die Zugbrücke niedergelassen und der Fremde war vor der Burgpforte; eine große, ansehnliche Gestalt auf einem schwarzen Rosse. Sein Gesicht war blaß, aber sein Auge glänzend und schwärmerisch, und ernste Wehmut lag in seinen Zügen. Es war dem Freiherrn ein wenig empfindlich, den Gast so schlicht und ohne alles Gefolge ankommen zu sehen; seine Würde geriet für einen Augenblick aus der Fassung, und er wollte darin einen Mangel an gebührender Ehrerbietung gegen die wichtige Angelegenheit, und gegen das angesehene Haus, womit der Fremde sich verbinden sollte, erblicken. Er beruhigte sich jedoch endlich durch die Vermutung, daß jugendliche Ungeduld den jungen Mann verleitet hätte, seinem Gefolge vorauszueilen.

„Es tut mir leid", sprach der Fremde, „Euch so zur Unzeit zu stören –"

Der Freiherr unterbrach ihn mit einem Strome von Artigkeiten und Willkommensbekundungen, denn – um die Wahrheit zu sagen – er bildete sich auf seine Höflichkeit und Beredsamkeit nicht wenig ein. Der Fremde versuchte mehr als einmal, den Strom von Worten zu hemmen, und als es vergebens war, verbeugte er sich und ließ ihnen freien Lauf. Der Freiherr machte eine Pause in dem Augenblicke, wo sie in den inneren Burghof kamen, aber der Fremde, der wieder das Wort ergreifen wollte, wurde noch einmal durch das Erscheinen der Frauen unterbrochen, welche die zitternde und errötende Braut führten. Er sah sie einen Augenblick wie entzückt an, als ob seine ganze Seele in dem Blicke gestrahlt und auf der lieblichen Gestalt geruht hätte. Eine der beiden Tanten flüsterte der Braut etwas ins Ohr. Das Fräulein strengte sich zu einer Antwort: an, schlug ihr feuchtes blaues Auge furchtsam auf, warf einen schüchtern forschenden Blick auf den Fremden und sah dann wieder auf den Boden. Die Worte erstarben in ihrem Munde, aber es war ein süßes Lächeln um ihre Lippen und ein holdes Grübchen auf ihrer Wange, zum Zeichen, daß ihr Blick nicht unbefriedigt geblieben war. Ein Mädchen von achtzehn Jahren, mit einer zärtlichen Hinneigung zu Liebe und Ehe, mußte notwendig an einem so galanten Ritter Behagen finden.

Die späte Ankunft des Gastes ließ keine Zeit zu Besprechungen. Der Freiherr verwies alle besonderen Verhandlungen auf den folgenden Morgen und führte den Fremden zu den unberührten Schüsseln.

Das Gastmahl war in dem großen Speisesaale aufgetragen. An den Wänden sah man die Bildnisse der Helden des Hauses Katzenellenbogen mit ihren rauhen Zügen, und die Siegeszeichen, die sie im Kriege und auf der Jagd gewonnen hatten. Zerhackte Panzer, zersplitterte Turnierlanzen und zerrissene Banner waren mit der Jagdbeute untermengt; Wolfskiefer und Eberzähne grinsten furchtbar unter Armbrusten und Streitäxten, und zufällig stand ein mächtiges Hirschgeweih über dem Kopfe des jungen Bräutigams.

Der Fremde achtete nur wenig auf die Gesellschaft oder auf das Gastmahl. Er kostete kaum von den Schüsseln, und schien ganz in die Bewunderung seiner Braut verloren zu sein. Mit leisem, einvernehmlichem Tone unterhielt er sich mit ihr; denn die Sprache der Liebe ist nie laut, aber kein weibliches Ohr ist so stumpf, daß es nicht auch das leiseste

Geflüster des Geliebten vernähme. Es war in seinem Benehmen jene Mischung von Zärtlichkeit und Ernst, die
einen mächtigen Eindruck auf das Fräulein zu machen
schien. Sie errötete und erblaßte abwechselnd, als sie ihm
mit großer Aufmerksamkeit zuhörte. Zuweilen antwortete
sie mit Erröten, und so oft er sein Auge abgewendet hatte,
warf sie einen Seitenblick auf seine anziehenden Züge, und
ein leiser Seufzer verriet, daß zärtliche Gefühle sie beglück-
ten. Die jungen Leute waren augenscheinlich ganz verliebt
ineinander, und hatten sich, nach der Erklärung der beiden
Tanten, die in den Geheimnissen des Herzens sehr bewan-
dert waren, auf den ersten Blick lieben gelernt.

Es ging lustig, oder zumindest lärmend, bei dem
Schmause zu; denn alle Gäste waren mit jener begierigen
Eßlust gesegnet, die bei leichten Beuteln und Gebirgsluft
nicht zu fehlen pflegt. Der Freiherr gab seine ergötzlichsten
und längsten Geschichten zum Besten, und nie hatte er sie
so gut und mit so großer Wirkung erzählt. Gab es etwas
Wunderbares, so waren seine Zuhörer in Erstaunen verloren, und bei lustigen Dingen lachten sie immer am rechten
Orte. Der Freiherr war freilich, wie die meisten großen
Männer, zu würdevoll, als daß er etwas anders als einen
einfältigen Scherz herausgebracht hätte, aber immer war
ein Humpen mit köstlichem Hochheimer bereit, ihn hi-
nunterzuspülen, und selbst ein einfältiger Scherz ist unwi-
derstehlich, wenn der Wirt ihn mit gutem altem Weine
auftischt. Viel Gutes ward auch von ärmeren und feineren
Witzköpfen vorgebracht, das sich aber nur bei ähnlichen
Gelegenheiten wiederhohlen ließe; manches schlaue Wort
wurde den Frauen zu geflüstert, die dabei von unter-
drücktem Lachen hätten Krämpfe bekommen mögen; und
ein armer, aber lustiger und dreister Vetter des Freiherrn
brüllte ein Paar Liedchen, wobei die jungfräulichen Tanten

nicht umhin konnten, zu ihren Fächern Zuflucht zu nehmen.

Bei allem Jubel behauptete der fremde Gast, ganz zur Unzeit, die sonderbarste Ernsthaftigkeit. Es zeigte sich in seinen Zügen eine immer tiefere Niedergeschlagenheit, je näher die Nacht anrückte, und so seltsam es aussehen mag, selbst die Scherze des Freiherrn schienen ihn nur schwermütiger zu machen. Er war zuweilen in Gedanken verloren und zuweilen verriet ein verwirrter, unruhig umherschweifender Blick das bekümmerte Gemüt. Seine Unterhaltung mit der Braut ward immer ernster und geheimnisvoller. Trübe Wolken stahlen sich schon auf ihre lieblich heitere Stirne und ein Zittern flog durch ihre zarten Glieder.

Alles dies konnte der Gesellschaft nicht entgehen. Ihre Fröhlichkeit wurde durch den unbegreiflichen Trübsinn des Bräutigams abgekühlt, ihre Stimmung ward allmählich davon angesteckt, man flüsterte untereinander und blickte sich an, hob die Achseln und schüttelte den Kopf. Gesang und Gelächter ließen allmählich nach; es entstanden trübselige Pausen in der Unterhaltung, und endlich kamen seltsame Geschichten und Geistersagen auf. Eine schreckliche Geschichte folgte der andern, und der Freiherr versetzte die Frauen in Angst und Schrecken, als er von dem gespenstischen Reiter erzählte, der die schöne Leonore entführte; eine schreckliche aber wahre Geschichte, welche seitdem in treffliche Reime gebracht, von der ganzen Welt gelesen und geglaubt wird.

Der Bräutigam horchte mit gespannter Aufmerksamkeit. Er heftete sein Auge fest auf den Freiherrn, und als die Geschichte zum Schlusse ging, erhob er sich allmählich von seinem Sitze, und ward immer länger, bis er in den Augen des entrüsteten Freiherrn sich fast zu Riesengröße erhob. Die Erzählung war zu Ende, da seufzte er tief, und nahm feierlich Abschied von der Gesellschaft. Alle waren erstaunt, und der Freiherr wie vom Donner gerührt. Wie! um Mitternacht wollte der Gast die Burg verlassen, wo alles zu seinem Empfange eingerichtet, wo eine Kammer für ihn bereit war, wenn er alleine sein wollte?

Der Fremde schüttelte traurig und geheimnisvoll den Kopf.

„Ich muß", sprach er, „mein Haupt diese Nacht in einer ganz andern Kammer niederlegen."

Es war etwas in dieser Antwort, und dem Tone, worin sie ausgesprochen ward, das bange Ahnungen in dem Freiherrn erweckte; aber er nahm seinen Mut zusammen und wiederholte seine gastfreundlichen Bitten. Der Fremde schüttelte bei jedem Anerbieten schweigend, aber entschieden, den Kopf und ging, der Gesellschaft ein Lebewohl zuwinkend, langsam mit großen Schritten aus dem Saale. Die Tanten waren ganz versteinert; die Braut ließ das Haupt sinken und eine Träne stahl sich in ihr Auge.

Der Freiherr folgte dem Fremden in den großen Burghof, wo der Rappe den Boden stampfte und ungeduldig schnaubte. Als sie zum Burgtor gekommen waren, dessen tiefes Bogengewölbe von einer Leuchte matt erhellt war, blieb der Fremde stehen, und sprach zu dem Freiherrn mit einer dumpfen Stimme, die in dem Gewölbe noch leichenähnlicher klang:

„Jetzt sind wir allein, und ich will Euch sagen, warum ich gehe. Ich bin durch eine feierliche, unerläßliche Verpflichtung gebunden."

„Und warum könnt Ihr nicht jemanden an eurer Stelle absenden?"

„Niemand kann meine Stelle vertreten. Ich muß selber kommen, ich muß in die Domkirche zu Würzburg."

„Nun ja", erwiderte der Freiherr, Mut fassend; „aber nicht eher als morgen; Ihr sollt morgen Eure Braut dahin führen."

„Nein, nein!", sprach der Freunde, noch zehnmal feierlicher. „Ich soll nicht mit einer Braut kommen. Die Würmer – die Würmer erwarten mich. Ich bin tot. Räuber erschlugen mich. Mein Leichnam liegt in Würzburg; um Mitternacht soll ich begraben werden – das Grab erwartet mich und ich muß mich an die Abmachung halten."

Er schwang sich auf den Rappen, flog über die Zugbrücke, und der Hufschlag des Pferdes verlor sich bald in dem Pfeifen des Nachtwindes. Der Freiherr ging in der größten Bestürzung in den Speisesaal zurück, und erzählte, was ihm begegnet war. Zwei Frauen wurden ohnmächtig und den übrigen wurde übel bei dem Gedanken, mit einem Gespenst gespeist zu haben. Einige meinten, es wäre der berüchtigte wilde Jäger gewesen. Andere sprachen von Berggeistern, Waldteufeln, und anderen übernatürlichen Wesen, wovon die armen Leute in Deutschland seit undenklichen Zeiten so viel haben leiden müssen. Ein armer Verwandter wagte es, die Meinung zu äußern, der junge Ritter hätte mit diesem Scherz seine Verpflichtung aufheben wollen, und dieser trübselige Einfall schien ihnen bei einem so schwermütigen Manne ganz natürlich zu sein. Diese Äußerung erregte jedoch den Unwillen aller Anwesenden, und besonders des Freiherrn, der den Mann nicht viel anders, als einen Ungläubigen betrachtete, und dieser war froh, seine Ketzerei so bald als möglich abschwören und sich zu der Meinung der wahren Gläubigen bequemen zu können. Alle Zweifel aber, die man vielleicht noch hegen mochte, wurden völlig ausgeräumt, als am folgenden Tage eine förmliche Botschaft eintraf, welche die Nachricht bestätigte, daß der junge Graf ermordet und in der Domkirche zu Würzburg begraben worden wäre.

Es läßt sich denken, welchen Schrecken diese Nachricht im Schlosse verbreitete. Der Freiherr verschloß sich in sein Zimmer. Die Gäste, welche gekommen waren, sich mit ihm zu freuen, konnten nicht daran denken, ihn in seiner Trübsal zu verlassen. Sie gingen durch die Burghöfe, oder stellten sich im Saale zusammen, und schüttelten die Köpfe und zuckten die Achseln bei der Bekümmernis eines so guten Mannes, und sie saßen länger am Tische und aßen und tranken tüchtiger denn je, um sich munter zu erhalten. Die Lage der verwitweten Braut war höchst beklagenswürdig. Einen Gatten verloren zu haben, ehe sie ihn umarmt hatte! Und einen solchen Gatten! Wenn selbst das Gespenst so angenehm und edel sein konnte, was mußte erst der lebendige Mann gewesen sein!

Sie füllte das Haus mit ihren Klagen. Am Abend des zweiten Tages ihrer Witwenschaft hatte sie sich mit einer ihrer Tanten, die durchaus bei ihr bleiben wollte, in ihr Schlafgemach begeben. Die Tante, eine der besten Märchenerzählerinnen in Deutschland, hatte eben eine ihrer längsten Geschichten erzählt und war in der Mitte ihrer Erzählung eingeschlafen. Die Kammer lag in einem abgelegenen Teil des Schlosses und ging in einen kleinen Garten. Das Fräulein blickte gedankenvoll auf die Strahlen des aufgehenden Mondes, die auf den Blättern eines Espenbaumes vor dem Gitterfenster zitterten. Die Burgglocke hatte eben Mitternacht angekündigt, als eine sanfte Musik aus dem Garten herauf tönte. Das Fräulein erhob sich schnell von ihrem Lager und eilte ans Fenster. Eine hochgewachsene Gestalt stand unter den Schatten der Bäume, und als sie ihr Haupt erhob, fiel ein Strahl des Mondes auf ihr Gesicht.

Himmel und Erde, es war das Gespenst des Bräutigams! Ein lauter Schrei drang in diesem Augenblicke in ihr Ohr, und ihre Tante, welche, von den Tönen der Musik aufgeweckt, schweigend zu ihr ans Fenster getreten war, fiel in ihre Arme. Als das Fräulein wieder hinsah, war das Gespenst verschwunden.

Die Tante war so heftig erschrocken, daß sie sich kaum beruhigen ließ. Das Fräulein aber fand selbst in dem Gespenste ihres Geliebten etwas, das ihr teuer war. Sie sah ja noch den Schein von männlicher Schönheit, und wenn auch der Schatten eines Mannes die Neigung eines liebeskranken Mädchens wenig befriedigen kann, so ist doch, wo das Wesen nicht mehr zu haben ist, selbst darin etwas Tröstliches. Die Tante mochte nie wieder in der Kammer schlafen, die Nichte aber war eigensinnig, und erklärte ebenso nachdrücklich, sie würde nie in einem anderen Gemach des Schlosses schlafen. Sie mußte also allein schlafen, aber ihre Tante mußte ihr versprechen, nie etwas von dem

Gespenst zu sagen, damit man ihr nicht das einzige traurige Vergnügen, das ihr auf Erden übrig blieb, das Vergnügen, in der Kammer zu schlafen, die ihres Geliebten schützender Schatten bewachte, rauben möchte.

Wie lange die gute alte Tante jenes Versprechen gehalten haben würde, ist ungewiß; denn sie sprach für ihr Leben gern von wunderbaren Dingen, und man pflegt stolz darauf zu sein, eine furchtbare Geschichte zuerst erzählen zu können; aber man führt es noch heutiges Tages in der Umgegend als ein denkwürdiges Beispiel weiblicher Verschwiegenheit an, daß die Tante eine ganze Woche lang das Geheimnis bewahrte. Plötzlich ward sie von weiterem Zwange befreit, als man eines Morgens beim Frühstück meldete, das Fräulein wäre nirgends zu finden. Das Schlafgemach war leer, das Bett war unberührt, das Fenster stand offen und das Vöglein war ausgeflogen.

Das Erstaunen und die Bekümmernis, womit man diese Nachricht empfing, kann niemand begreifen, als wer die Bewegung gesehen hat, welche die Unfälle eines großen Mannes unter seinen Freunden hervorbringen. Selbst die ärmeren Verwandten ließen einen Augenblick die unermüdliche Tellerarbeit ruhen, als die Tante, die anfangs ganz sprachlos gewesen war, die Hände rang und ausrief: „Das Gespenst! Das Gespenst! Sie ist vom Gespenst entführt worden."

Sie erzählte mit wenigen Worten die schreckliche Geschichte von der nächtlichen Erscheinung im Garten, und es war ihr klar, daß der Geist seine Braut entführt hatte. Zwei Dienstboten bekräftigten diese Meinung, denn sie hatten um Mitternacht Pferdegetrappel auf einem, den Berg hinab laufenden Wege gehört, und zweifelten nicht, es wäre das Gespenst auf seinem Rappen gewesen, das die Braut ins Grab geführt hätte. Alle Anwesenden waren von der furchtbaren Wahrscheinlichkeit ergriffen; denn Vorfälle der Art sind, nach dem Zeugnisse beglaubigter Geschichten, sehr gewöhnlich in Deutschland.

In welcher kläglichen Lage war der arme Freiherr! Welcher herzzerreißende Wechselfall für einen zärtlichen Vater und ein Mitglied des großen Hauses Katzenellenbogen! Seine einzige Tochter war entweder ins Grab geführt worden, oder er sollte einen Waldteufel zum Schwiegersohn und vielleicht ein Häuflein von Kobolden zu Enkeln haben. Er war, wie gewöhnlich, ganz verdutzt, und die ganze Burg in Bewegung. Die Männer sollten Pferde nehmen und jeden Pfad, jedes Tal im Odenwald durchstreifen. Der Freiherr hatte eben seine Stiefel angezogen, sein Schwert umgürtet, und war im Begriff, sein Roß zu besteigen, um selber auf die ungewisse Kundschaft auszuziehen, als eine neue Erscheinung seine Eile hemmte. Eine Edelfrau nahte sich auf einem Zelter dem Schlosse und ihr zur Seite ritt ein junger Rittersmann. Sie sprengte zum Burgtore hin an, sprang vom Pferde, und zu des Freiherrn Füßen fallend, umschlang sie seine Knie. Er war die verlorene Tochter, und ihr Begleiter – der Gespensterbräutigam. Der Freiherr war außer sich vor Erstaunen. Er sah bald seine Tochter, bald das Gespenst an, und traute kaum seinen Sinnen. Das Gespenst hatte sich seit seinem Besuche in der Geisterwelt sehr zu seinem Vorteil verändert. Sein Anzug war glänzend und schmückte eine edle männliche Gestalt, die nicht mehr bleich und schwermütig aussah, sondern in ihren schönen Zügen und in dem großen dunklen Auge Jugendlust und Freude zeigte.

Das Geheimnis war bald enthüllt. Der Ritter, der in der Tat, wie jeder Leser schon weiß, kein Gespenst war, stellte sich als Hermann von Starkfaust vor. Er berichtete sein Abenteuer mit dem jungen Grafen, und erzählte, wie er sich eilig auf die Burg begeben hätte, um die unwillkommene Botschaft zu überbringen, wie er aber durch die Beredsamkeit des Freiherrn in jedem Versuche, seine Geschichte zu erzählen, gestört worden wäre. Die Braut hatte ihn beim ersten Blicke gefesselt, und um einige Stunden an ihrer Seite zuzubringen, hatte er das Mißverständnis stillschweigend fortdauern lassen. Er war sehr verlegen, wie er sich mit Anstand zurückziehen sollte, als ihm die Gespenstergeschichten des Freiherrn seinen seltsamen Abschied an die Hand gaben. Den alten Zwist der beiden Geschlechter fürchtend, hatte er seine Besuche verstohlen wiederholt, im Garten unter des Fräuleins Fenster seinen Spuk getrieben, hatte geworben, gewonnen, die Schöne siegreich entführt und war mit einem Worte – ihr Gemahl.

Unter allen andern Umständen würde der Freiherr unerbittlich gewesen sein; denn er war hartnäckig, wo es das väterliche Ansehen zu wahren galt, und ließ mit einem andächtigen Eigensinn alle ererbten Zwiste fortdauern. Seine Tochter war ihm aber gleichfalls lieb; er hatte ihren Verlust beweint, er freute sich, sie noch lebendig zu finden, und wenn ihr Gemahl auch zu den Feinden seines Hauses gehörte, so war er doch, Gott sei Dank, kein Gespenst. Es war in dem Scherze des Ritters, sich für einen Toten auszugeben, freilich etwas, das sich mit des Freiherrn Begriffen von strenger Wahrhaftigkeit nicht ganz reimen ließ; aber einige anwesende alte Freunde, die den Krieg mitgemacht hatten, versicherten ihm, daß in der Liebe jede Kriegslist zu entschuldigen wäre, und der Ritter hatte nach ihrer Meinung ein besonderes Vorrecht, da er neuerlich erst gedient hatte.

Alles wurde glücklich ausgeglichen. Der Freiherr verzieh dem jungen Paare auf der Stelle. Die Burg wurde wieder laut von fröhlichen Gelagen. Die armen Verwandten überschütteten dieses neue Mitglied des Hauses mit Beweisen liebevoller Zärtlichkeit; es war ja ein so tapferer, so großmütiger, so reicher Mann. Den Tanten war es freilich ein wenig ärgerlich, daß die Grundsätze strenger Eingezogenheit und leidenden Gehorsams, welche sie verfochten, durch ein so böses Beispiel erschüttert wurden, aber sie schrieben alles ihrer Nachlässigkeit zu, die Fenster ohne Eisenstangen gelassen zu haben. Der einen Tante war es besonders empfindlich, daß ihre Wundergeschichte einen so verkehrten Ausgang genommen, und daß das einzige Gespenst, das sie gesehen, ein nachgemachtes gewesen war; aber ihre Nichte schien sich sehr glücklich zu fühlen, daß sie das Gespenst von Fleisch und Blut gefunden hatte, und so ist die Geschichte zu – Ende!

Inhalt.

Impressum:
© 2020 Maria Weber (Hrsg. u. Bearb.)
Herstellung und Verlag: BoD – Books on Demand, Norderstedt.
ISBN: 978-3-75281-326-5